AF581507

Título original: **NO SOY UN MANIQUÍ**
Autora: **Norma Fink**

Corrección: **María Arribas | Norma Fink**
Diseño de cubierta: **Magical Eyes | Diseño Editorial** (Victoria Aihar)
Diagramación: **Magical Eyes | Diseño Editorial** (Victoria Aihar)

Norma Fink

NO soy UN maniquí

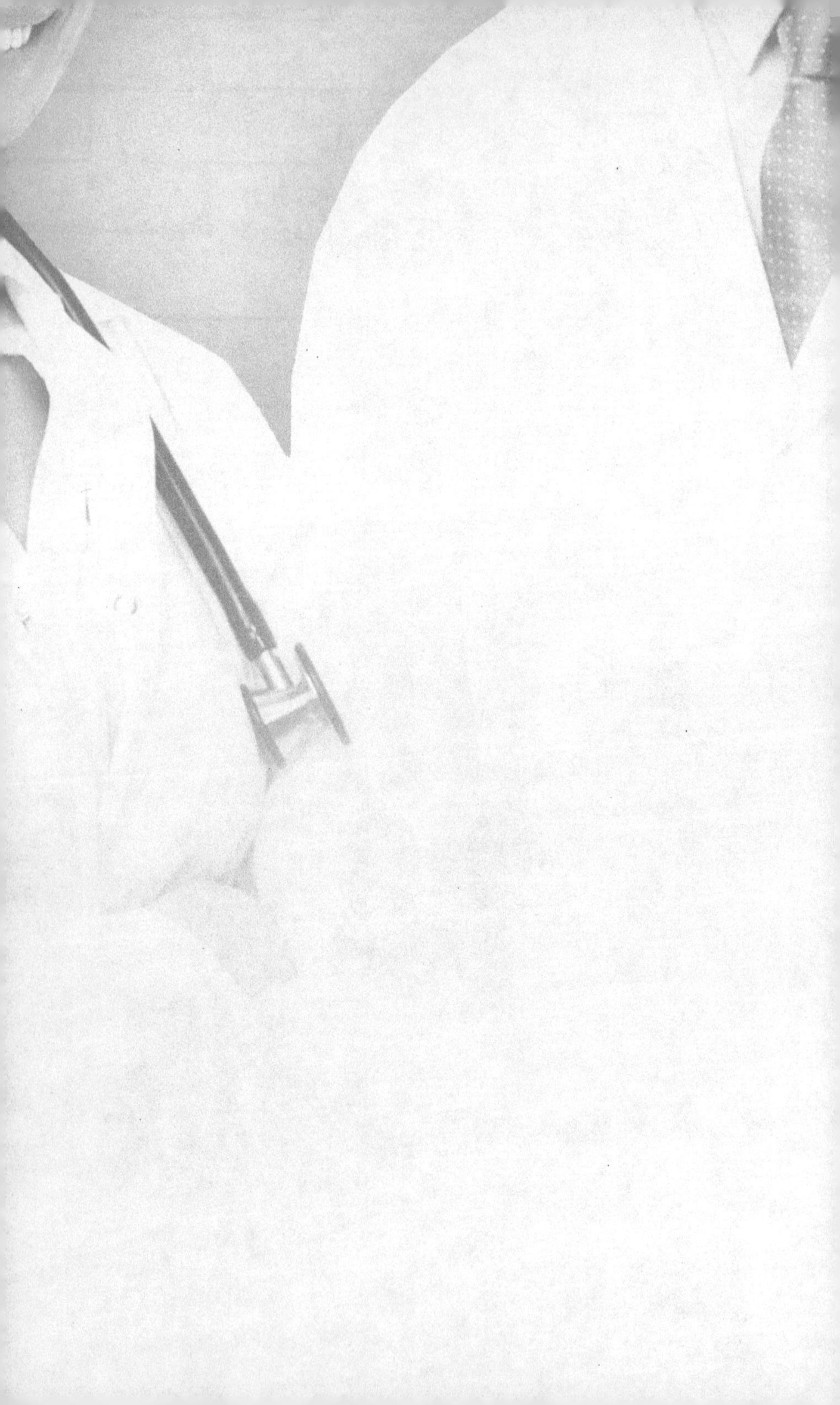

A mis seres queridos

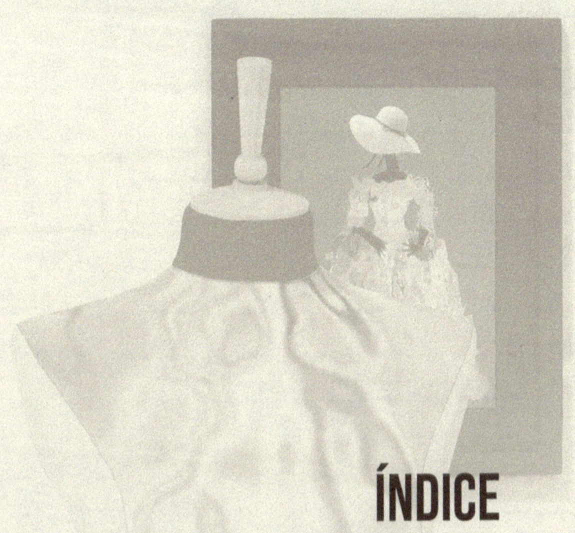

ÍNDICE

LUCÍA Y COLIN

Entró en tromba en la cafetería de la estación de servicio, con tal mala suerte que su mochila salió despedida como un cohete, mientras ella, que no tenía soporte al cual asirse, cayó desmadejada, tanto como para que se viera su ropa interior y mucho más…

Aunque la pose era de lo más hilarante como resultado de una caída, ella no perdió su dignidad, si bien no dejó de imaginarse igual que una gallina desplomada sobre su columna vertebral, con sus extremidades laxas e inertes de forma lateral.

Quiso apoyar su brazo en el suelo de mosaicos para darse vuelta y, por supuesto al girar, su vestido y el delantal que lo cubría estaban a nivel de su cintura. Un espectáculo que pudiera tenerse como pornográfico, sin duda. Llegada a ese punto y como quien no quiere la cosa, prestó atención de manera disimulada a su alrededor, por si algún mortal había visto la exhibición que estaba dando. Solo una persona la miraba con una sonrisa de oreja a oreja, conteniendo una carcajada. Era el único cliente en la estación además de ella.

El resto de la gente estaba detrás del mostrador y no vieron el espectáculo en directo; estaban concentrados en sus propias tareas. Siempre algún *bus* arribaba, y los pasajeros bajaban en manada atropellándose para llegar a los aseos, o para pedir algo de comer o beber. No fue el caso.

Cuando ella trató de levantarse, el observador se acercó a tenderle una mano para estabilizarla en la vertical.

El bochorno, que superó con puro decoro, permitió mirar a su gentil auxiliador y lo que vio fue un típico vaquero tostado por el sol, sin sombrero ni botas tejanas, pero guapo a rabiar. Su cabello lucía de un rubio rojizo y sus ojos un azul mar en día despejado y sin viento. El cuerpazo del hombre se perfilaba bajo su camisa a cuadros, y sus vaqueros ajustados apenas disimulaban su musculada, alta, garbosa y varonil figura.

—¡Qué mala suerte! —dijo él con sarcasmo y le guiñó un ojo—. Si hubiera estado cerca de la entrada, usted no hubiera aterrizado de la forma en que lo hizo. Yo podría haberla atajado —y sin dejar de sonreír continuó—. A simple vista, salvo los dolores que no se ven y que pueda sentir por el golpe, no se quebró ningún hueso, sobre todo por la habilidad con la que se puso de pie. Sus nalgas hicieron de soporte protector…, al menos por lo que pude ver —añadió.

—Está pasándose con sus apreciaciones. Así que pare aquí o perderé mis modales de mujer educada. En vez de mirarme tanto, alcánceme la mochila como favor. Mi trasero y mi espalda me están torturando —sus gestos eran más que elocuentes.

—Con gusto le acerco la mochila. La llevaba tan bien cerrada que no se abrió. Tuvo suerte. ¿Le ofrezco una bebida y algún tentempié para paliar su malestar? —El vaquero quiso ser amable.

—Muchas gracias, pero no acepto ningún ofrecimiento de extraños. —Le pareció pasarse de agresiva, pero ya estaba dicho.

—Da igual... decidiré por usted. Pediré un café cortado sin azúcar y unos rollos de jamón serrano y queso, así no agregamos carbohidratos a su dieta, aunque no lo veo necesario. —Se le ocurrió como un buen final del coloquio para evitar confrontación.

—¿Insinúa que tengo sobrepeso? —inquirió ella, mirándolo con rabia.

—No, al contrario, la veo delgada, estilizada y con los volúmenes bien puestos en el exacto lugar de su armoniosa figura, que razono debe ser por una dieta estricta —replicó con ironía.

—Mire, vaquero, pues tiene toda la pinta de serlo…, tal vez no sea tan delgada, pero lo que ve en mí es cansancio. Vengo pedaleando la bicicleta por largos kilómetros, más precisamente desde la ciudad capital.

—Con más razón, ya le traigo la bebida y lo sólido, pues como médico es lo que corresponde hacer en esta situación.

—¿Médico, dijo?

—Sí, aunque usted me vea como un vaquero, lo cual me alegra, porque los ganaderos tienen fama de ser muy buscados por las mujeres —pensó un instante y con voz guasona y picardía en sus ojos agregó—. Tras ellos, siempre hay campos productivos para alimentar naciones, además de ovejas, vacas, caballos y estancias lujosas. ¿No lo pensó acaso?

—En lo que menos puedo pensar es en conquistar ni seducir a nadie. Usted no sabe nada de mí y ya supone que me vendo por dinero —estaba realmente enfadada por lo que entendió un insulto.

—¡No, usted no parece una persona dedicada a la prostitución y menos con esa pinta! Me refiero al desaliño propio de tanto viaje en una bicicleta. —Trató de arreglarlo, sin estar seguro del resultado.

—Para que lo sepa, también soy médica, pero seguro con menos suerte que usted.

—Esto se está poniendo cada vez más interesante. Esta conversación recién comienza, ¿qué le parece si la llevo en mi todoterreno a donde sea? Hoy es mi día libre —le propuso de buena forma.

—Mire, colega —dijo en tono de sacar la bandera de la paz—, acepto la invitación a subirme en su vehículo. Voy en dirección a Las Lomas. Allí vive una amiga que puede darme una mano. Por *WhatsApp* le envié un mensaje desde aquí.

—Si es por manos, yo le puedo dar las dos y con mucho gusto. Después de lo que pude ver en su caída, para mis ojos no fue solo un repaso sino el enfoque de una cámara privilegiada, cuya lente fue mi vista, y esa visión entusiasma a cualquiera. Usted me entiende —dijo, con una sonrisa de medio lado que para ella no era necesario hacerla más atractiva.

—Sigue siendo un atrevido y creo que su intención es cautivarme. Sin embargo, soy dura para dejarme convencer.

—No tengo apuro, Las Lomas es el lugar donde resido. En el viaje, si ya se siente repuesta, tal vez hasta nos digamos el nombre. Por cierto, soy Colin Ryan —se presentó.

—Y yo, Lucía Pereda Soria. —El sonrojo era la demostración de que él tenía razón.

—Para identificarme mejor, soy irlandés. Mis padres viven aún en Irlanda.

—Soy argentina —dijo ella, en un tono altanero propio de quienes suelen ser apodados "sudacas".

Cuando subieron al vehículo, luego de colocar la bicicleta en la parte de atrás, se respiraba un aire más coloquial y tranquilo, sin agresividad ni chanzas. Por lo que partieron sin más demora hacia Las Lomas.

SINCERARSE

Lucía sintió en los primeros metros del recorrido, que su salvador era un buen tipo.

Intuición femenina, aunque a veces le fallara, y como no tenía ni tendría ninguna relación con el individuo, más que la de compartir el viaje, podía sonorizar su memoria y referirse a cuanto le pasó o, por lo menos, a parte de ello. Lo necesitaba como a una fuente de donde beber agua en la mitad del Sahara, en un mediodía.

Nadie más escéptico que una persona desconocida, que no tiene idea del tipo de persona que eres, ni le interesas y "si te he visto no me acuerdo". Este refrán se podía aplicar en este caso al pie de la letra, o al menos eso creía ella.

No terminó de pensarlo cuando comenzó su relato sin preocuparse si lo mucho que tenía que decir, adormecería al conductor.

—He tomado la decisión de tutearte. Será más fácil para comenzar. Te preguntarás qué hace una persona a la que le falta poco para la treintena, montada en una bici, sin más destino que el de ser acogida por una amiga, que ni sabe por qué estás poniendo el volante en dirección a su casa… —comenzó Lucía, con la vista fija en la carretera.

—¡Adelante con el tuteo! —exclamó Colin—. Habla sin problemas, que lo que me digas será guardado bajo cuatro llaves —añadió, aunque no muy convencido. Dedujo que estaba junto a una persona con alguna manía persecutoria, pero la dejó seguir.

Lucía no prestó mucha atención al tono, que por sí solo denotaba dudas, centrada como estaba en hacer de él su confesor.

—Empezaré por aquello de: todo estaba dicho y nada lo estaba. Tomé una decisión contundente e inamovible con relación a mi trabajo y a mis compañeros del hospital, cuyo resumen es no dejarme amedrentar con sus críticas enojosas que perseguían la confrontación permanente, aun después de haber pasado lo peor —soltó sin apenas respirar.

Ahora Colin supuso que vendría el drama de la paranoia inocultable y, pese a ello, no la iba a interrumpir.

—Cuando se decían amigos, en realidad no lo eran, nunca lo fueron. Eran seres crueles, integrantes de esa inhóspita comunidad y para evitar su toxicidad tomé la bicicleta con la que llegué ese día al trabajo, para alejarme de todo y de todos —tomó aire mirando al frente—. Sabía que con ese vehículo no llegaría muy lejos, pero ya lo cambiaría más adelante. Tengo todo lo que necesito en la mochila y lo que no, ya me las arreglaré para conseguirlo.

Lucía hizo una pausa, aprovechó para mirar a su acompañante que permanecía serio y también para ordenar sus ideas. Aparentemente estaba atento a su relato porque decidió continuar.

—Ese mundo de egoísmos y discrepancias por parte de gente adulta, con tantos problemas competitivos, no creí que fuera posible darse en este siglo XXI o, tal vez, sí. Estamos en una época caótica, social y económica, en todo el mundo y, ¿por qué no me iba a tocar a mí? —Lucía hizo la pregunta en alto, pero no esperaba respuesta—. No es que yo fuera la que tenía los problemas o los generaba, eran los que estaban a mi alrededor los que me transmitían su animadversión.

En ese momento, Colin ya pensaba que debía torcer el rumbo y llevarla directo a una clínica psiquiátrica. No obstante, algo por la forma en la que estaba contando todo, hizo que quisiese saber hasta dónde podía llegar esa ¿fabuladora?

Lucía continuó sin imaginar los pensamientos de su interlocutor. De hacerlo, se hubiera bajado del auto para encaminarse en dirección contraria de haberlo sabido.

—Mi espontáneo plan fue salir de la ciudad en busca de algún lugar donde las personas fueran más normales, no acosadas por correr para llegar a ningún lugar. No tengo familia que me sirva de raíz para quedarme, tampoco ningún pariente lejano con arraigo en mi corazón, solo mi amiga contable, que se ocupa de mis asuntos administrativos. Su nombre es Aurora Ahumada y ya le haré saber de mi alejamiento —explicó Lucía, mirando el paisaje por la ventana del coche.

Colin creyó que por fin había escuchado el nombre de alguien, pues hasta ese momento Lucía solo habló de seres sin entidad.

—No calculé que un vestido debajo de un delantal de médico fuera apropiado para estar sobre una bici. Pero ese detalle no me detendría; ni siquiera lo pensé ni lo hago ahora, cuál sería la penalidad por abandonar el trabajo —añadió.

Tomó aire para poder continuar, no sin antes mirar de soslayo al conductor irlandés y comprobar que permanecía despierto.

Cuando vio que miraba al frente con el ceño adusto, pensó que tal vez le afectara su monólogo, bien por hartazgo o bien porque seguía interesado.

Colin, por su parte, escuchaba el discurso sin saber muy bien qué opinar, lo que sí tenía claro era que no podía tirarla del coche, así que la dejó continuar a su aire.

—Ni a mi peor enemigo le desearía que pasara por una situación semejante, en la que todos se confabularon para hacerme aparecer como la única culpable de un crimen que te contaré luego, aduciendo incompetencia, impericia y torpezas de mi parte como profesional. Menos mal que los tribunales hicieron justicia y salí sin mácula de esa acusación injusta —soltó Lucía.

«¡Ah, bueno, ahí estaba la bomba informativa!», caviló Colin, seguro que a continuación tocaba escuchar la exposición de la catástrofe elevada a la enésima potencia... Lo veía venir.

—Luego de esos nefastos episodios de mentiras, me sobrevinieron una mezcla de sentimientos encontrados. Los colegas demostraron con su mendaz accionar, que era envidia lo que me tenían y provoqué sin quererlo, al ser reconocida por las autoridades del hospital como una profesional responsable en su trabajo —comentó Lucía—. Además, su ojeriza, deviene de suponer que gozo de una acomodada situación económica, que ellos imaginan, pues no piso cabezas para conseguir beneficios.

—¿No crees, Lucía, que estás alucinando? Digo, pues la trama se está complicando demasiado —la interrumpió Colin.

Ella lo miró con cara de pocos amigos llevando sus iris al límite del extremo izquierdo de sus ojos, pero se aguantó de darle una mala contestación. Igual no se amilanó y decidió seguir:

—Los hombres y mujeres involucrados en defenestrarme tienen diversas especialidades, incluso hay anestesistas como yo. No obstante, en su casi totalidad, el trabajo hospitalario lo llevan como una carga, pues a ninguno le interesa cumplir con el juramento hipocrático. Sin embargo, a mí, cirujanos de renombre, me eligen para asistir como anestesista en sus operaciones privadas y, por supuesto, eso genera honorarios, cosa que los otros no toleran.

Colin creyó estar a las puertas de la vanidad con mayúsculas y como le divertía, además de preocuparle, la dejó seguir.

—Perdóname la expresión, pero además el puterío es una constante, y con esta palabra describo los cruces de todo tipo, sin discriminar la profesión médica o administrativa del *staff*, que se lleva a cabo a diario y a ojos vista. Es una historia sórdida por el entrelazado de mezquindades, relaciones indecorosas llevadas sin prejuicios y al límite de lo aceptable en materia de moral y buenas costumbres, donde la lealtad no existe; además de la reiterada actitud de pisar a quien consideran molesto, cuando descubren en el otro capacidad de trabajo y solidaridad, que ellos no tienen.

Hasta aquí llegó Lucía por suponer que era suficiente. Colin no pensaba igual porque la instó a seguir.

—¿Algo más tienes que contarme? Porque creo que aún no has dicho todo, supongo.

Ella sintió que le estaba tomando el pelo y lo miró con recelo, él giró su cabeza para demostrarle empatía con sus expresivos ojos.

—Si lo pides así, te diré, como colofón, que esa *melange* de vicios terminaron de agotarme y, hastiada, decidí abandonarlo todo, y aquí estoy.

—Creo que algo falta por decir, simplemente porque así lo percibo.

—Eres perspicaz. Me falta agregar que lo que me tocó vivir, no es la realidad de lo que sucede en todos los centros de salud de aquí y de allá. Generalizar sería injusto. No se puede hablar de lo que no se conoce y mi mundo médico se reduce a la clínica que describí como escenario y, los personajes, el equipo con el que me tocó trabajar. Si alguna vez nos volviéramos a ver, terminaré la historia... —dijo, observando que ya habían entrado en Las Lomas.

Antes de bajar del vehículo para dejar la bicicleta en la acera, Colin se acercó a ella de manera espontánea, para intercambiar los números de sus celulares.

Colin esperó a que la amiga la recibiera y cuando vio el cariñoso saludo que se prodigaron, se fue agitando una mano que quitó del volante.

Ryan no estaba seguro si seguir por el camino del menoscabo de su compañera de viaje o si debería rebobinar. Y rebobinó. No parecía una desquiciada, hablaba correctamente y sin confusiones. Tal vez no debiera prejuzgar sin más. Sus apreciaciones tenían lógica y si la conociera de verdad hasta podría tomarla en serio.

Debería meditar antes de defenestrarla.

Además, como mujer tenía su encanto. Había visto bastante de su cuerpo y no era para no sentir atracción por sus formas. Se la hubiera llevado a la cama con una mordaza pues para hacer lo que tenía en mente, no eran necesarias palabras ni prejuicios, solo sentir libidinosamente.

En paralelo, Lucía pensó que tal vez cotorreó demasiado, desnudó su alma y ese tipo no era de los que quedan en el olvido.

Si él le creyó o no todo lo que dijo, quedaba fuera del interés que le causaba Colin mientras lo veía conducir, aunque lo mirara con disimulo.

Estaba enfrascada en el tema objeto del malestar que produce toda pérdida y ella acababa de perder un lugar de trabajo, el ejercicio de una profesión y un grupo de gente que no era el ideal de grupo humano de pertenencia, pero fue su grupo.

Reconocía que no hizo ningún intento por acercarse a cada uno y ponerse en sus mocasines. Entendió lo que quería decir: "...pon la otra mejilla".

Si seguía por ese derrotero, pronto estaría de regreso y pidiendo disculpas. Una locura total.

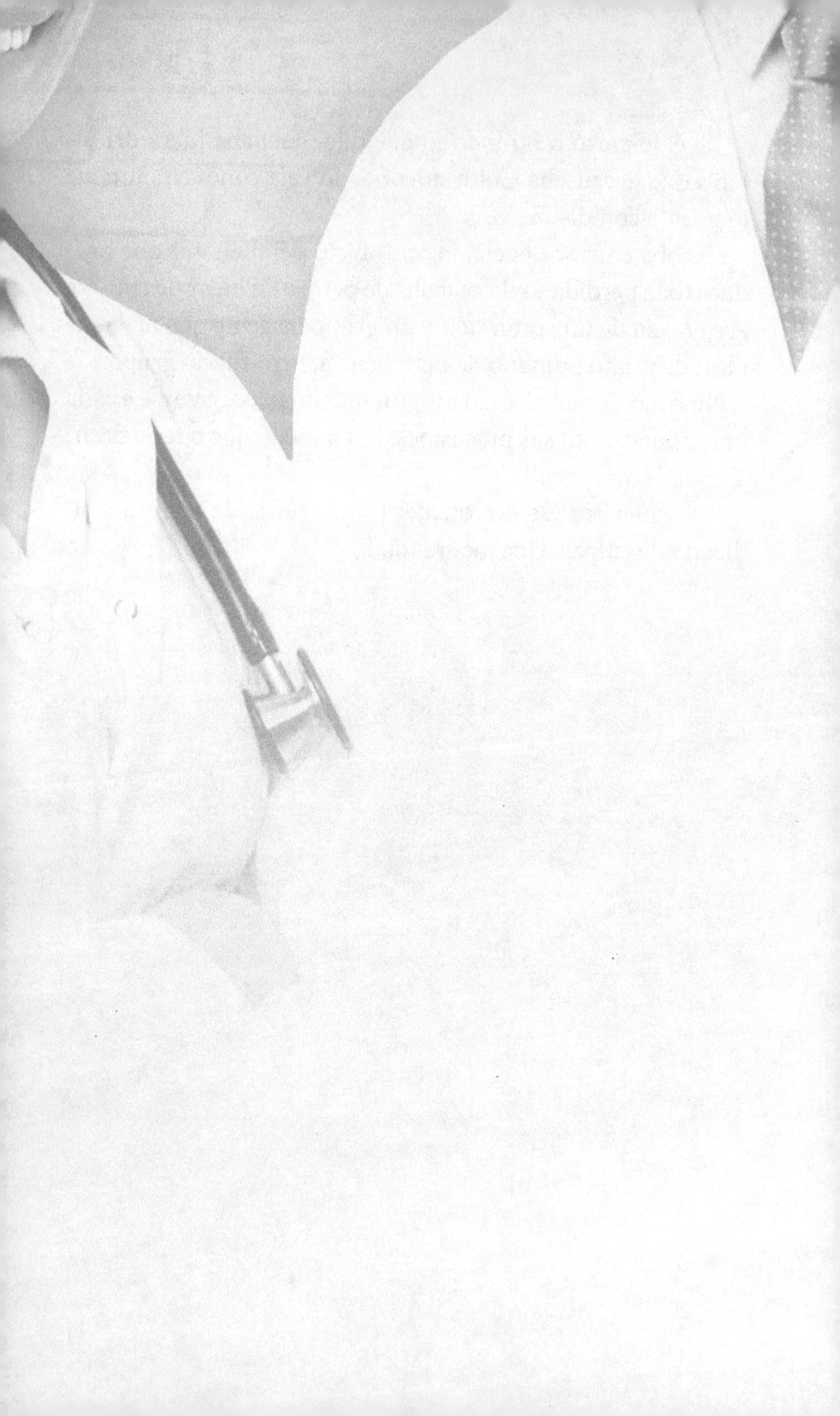

LUCÍA Y LAURA

Que la amistad era verdadera, lo evidenció el saludo que se prodigaron. Lucía y Laura eran amigas desde que nacieron. Sus padres ya lo eran y lo siguieron siendo hasta que Lucía perdió a los suyos en un accidente de aviación, en el que viajaban para asistir a un congreso médico, en Londres.

Los Correa se hicieron cargo de la adolescente, que por entonces tenía catorce años como su hija, y la llevaron a vivir con ellos.

La amistad de las chicas fue haciéndose cada vez más sólida y aunque sus carreras fueron distintas, siempre estuvieron unidas.

Lucía debió separarse del matrimonio Correa, por cuestiones de salud se mudaron a un lugar con clima seco de montaña casi en simultáneo con la entrega de títulos de médica y abogada de cada una de ellas. Eso las llevó a separarse en distancia y ubicación, pero no en el cariño que se profesaban.

Laura se estableció en Las Lomas siguiendo el camino de su noviecito, también abogado y oriundo de esa ciudad.

Hasta la fecha seguía la relación de pareja si bien cada uno vivía en su casa y tenían su propio estudio. Él, Jorge Alvarado, era penalista y ella civilista.

El contacto entre las amigas desde que tomó cada una su rumbo, fue inalámbrico pues ambas estaban tapadas de trabajo. Hasta que Lucía decidió pedalear.

Ya en casa de su amiga, ninguna supo cómo ni cuánto duraría esa convivencia. Lucía expresó con voz temblorosa, propia de la emoción del encuentro y de su complicada realidad:

—Perdona, Laura, por haberte sorprendido con mi aparición impensada. Y lo digo por las dos. —Hizo una pausa para suspirar como lo hacía siempre que intentaba calmar su ansiedad—. Cuando decidí dejar el hospital no pensé en venir a refugiarme en tus dominios, ni a invadir tu privacidad. Pero en la ruta la idea surgió como un pantallazo y supe que era mi destino posible. Eres la única persona que puede entenderme. Y trataré de resumir lo que me aconteció, antes de llegar hasta aquí. —Con voz pausada contó lo más importante y doloroso y la respuesta de Laura no se hizo esperar.

—Nada de lo que me digas podría ser peor. Siéntete como en tu casa, y no te disculpes por nada de lo que digas o hagas. Una ducha calentita te vendría bien y luego de merendar, debieras dormir sin interrupción hasta mañana. Ahora dime, ¿quién te trajo en su vehículo?

—¡Ah, sí! Es un médico que trabaja en una clínica de aquí y su nombre es… Colin Ryan. Al pedirme el número de celular, tal vez su intención es conseguirme algún trabajo —no lo pensaba en serio y quizá fuera ilusión—, igual he decidido dedicarme a otra cosa que no sea al ejercicio de la profesión. Tú piensa dónde alquilo una vivienda simple y cercana a la tuya, y lo demás se irá dando.

—Si es quien yo creo —respondió Laura un tanto excitada—, es un famoso cirujano que trabaja en una clínica que no es otra que el hospital británico. Le dicen hospital, pero es un centro de salud privado y el mejor en todas las áreas médicas. Los profesionales son extranjeros, casi todos del Reino Unido, matizado con nativos y de otros Estados. Es difícil encontrar uno mejor en todo el país y hasta diría fuera. —Lucía no se subió a ese tren y cambió de tema.

—Son buenas noticias. La primera es que me ayudarás a encontrarme a mí misma y la segunda es que podré mudarme con tu colaboración. Y como una egoísta imperdonable no pregunté por Jorge.

—Él, como siempre, es una cueva en la roca donde refugiarme. Cada día nos llevamos mejor y nos amamos más, si eso es posible. Pero cada uno en su casa. Es la fórmula perfecta para la durabilidad de una pareja —su rostro triste no expresaba lo mismo.

—No me hace falta más explicación —apuntó Lucía, con intención de distraerla—. Ahora haré lo que marca tu reglamento. Por cierto, tienes una hermosa casa. Indícame cual será mi lugarcito en ella, por ahora…

—Puedes quedarte para siempre, aunque entiendo que quieras tener tu propio hogar. Si necesitas ropa pues la mochila que traes debe estar vacía de ella, te dejo en el placar alguna muda para que puedas elegir. Toda está sin estrenar.

La acompañó a su cuarto que era un lujo en espacio, sobriedad y buen gusto. Tener una amiga así, era una bendición.

12

COLIN

Ayer en su día libre encontró una joya o un problema. Colin aún no consiguió aclarar el punto. Su veta solidaria le hizo pensar que tenderle una mano era una buena obra. Hablaría con algún colega sobre el caso sin ocultar nada.

Ya en el hospital, decidió buscar a su amigo Horacio Donovan, un clínico de lujo, quien podría darle alguna respuesta.

La especialidad clínica tiene una ventaja sobre las otras. Es un mapa completo de la composición del hombre y sus dolencias, en tal virtud le pareció apropiado ir a su encuentro.

Un buen clínico, y Horacio lo era, abarca todo y sabe derivar al paciente a los especialistas con los estudios bajo el brazo. Es la manera de tomar las decisiones correctas lo antes posible. «Así funciona la buena medicina», pensó, mientras iba a su encuentro.

—Buenos días, Horacio.

—Hola, colega, para ti también.

—Tomemos un café en la cafetería, ¿te parece? —Colin con seguridad tomó a su amigo por el codo.

—Si empezamos así es porque el planteo será largo.

—No lo dudes —contestó sonriente por el acierto.

Ya sentados, café en mano:

—Ayer, en el bar de la estación de servicio de la ruta, encontré a una joven que por vehículo tenía una bicicleta con la que vino pedaleando desde la Capital. Por supuesto cargué la bici y a ella de acompañante en mi todoterreno. Acoto que es bonita, joven y médica. A tirabuzones le saqué su nombre. El motivo de su viaje fue un relato voluntario. —Colin miró el entorno para asegurar la reserva antes de continuar.

»Solo entendí que algo grave pasó en su trabajo para que abandonara todo. La dejé en casa de Laura Correa, una abogada amiga suya. Pude observar que la recibió sorprendida y con los brazos abiertos.

—Si es la Laura Correa que pienso, —dice Donovan ensimismado con la mandíbula apoyada en su puño— es la novia de Jorge Alvarado, un renombrado penalista a quien conozco. Es una persona correcta y en su profesión elige los casos que toma. Su novia debe ser muy buena para ser su pareja. Sé que no conviven, sin embargo, es una relación sólida la que tienen. Lo sabe media ciudad.

—Lo que dices allana el camino para conocer a Lucía Pereda Soria. Quisiera conseguirle trabajo en el hospital —insinúa entusiasmado Colin. No hace falta más que verlo sacudir la cabeza y fruncir los labios—. Antes, debo asegurarme de no meter la pata. Los motivos de su abandono son importantes a la hora de contratarla, no como médica, dado que en su relato dio a entender que no quiere ejercer la profesión, pero para la clínica una médica con experiencia nunca está de más.

—Por lo que me cuentas, la chica te interesa. Veré si puedo conseguir información fidedigna que nos permita tenerla entre nosotros.

Donovan percibió que la joven no le era indiferente a Ryan.

—Sí, algo de razón tienes. Te aclaro que no la tomé muy en serio durante el viaje. Puse en duda su cordura mientras exponía sus vicisitudes y al final tuve que reconocer que razonaba con coherencia y sus conceptos eran acertados. —Con cara de no saber cómo seguir con las cejas en subida se anima:

»Lo mejor será que hagas lo que has propuesto. Yo por mi lado trataré de tener una cita con ella. Cita no en el sentido que puedas pensar —dijo con voz de no estar interesado y acotó—: sería una reunión para conversar y así, de primera mano, tener una idea cabal sobre su persona.

—Nos vemos, Colin, sabes que haré lo posible por colaborar.

Cada cual se fue a lo suyo.

Laura no podía dejar de pensar en el relato de Lucía. La conducta de sus colegas fue inhumana. Merecía su ayuda y se la daría sin reservas.

Creyó que no fue una confesión la suya, sino una descarga del peso que soportaba su alma.

Hablaría con Jorge. La conocía de nombre por su permanente referencia a situaciones pasadas juntas, sus infortunios y sus "volver a empezar". Si pudiera conseguir un trabajo como médica o lo que fuera en el hospital británico, sería un buen comienzo para iniciar una nueva vida.

No sabía si tenía pareja pues nunca le habló de enamoramientos, salvo los de la adolescencia. Cuando recibes muchos golpes, se endurece la coraza que llevamos suspendida de una cuerda para ser utilizada en el momento oportuno. Ella debió hacer uso de ella por imperiosa necesidad.

No entendía por qué no recurrió a Jorge para actuar en su defensa. Tendría sus motivos y el más válido, tal vez, fue no molestarlos con sus avatares. Hizo la llamada.

—Hola, mi adorado Jorge.

—Hola, Laura, me sorprendes por la hora. ¿Acaso tienes un problema?

—No, nada que no tenga solución y antes te pregunto cómo has dormido.

—Lejos de ti no tan bien ni como me hubiera gustado, pero nosotros elegimos el camino y no sé si no es el correcto. Extrañar tiene sus ventajas, aunque a veces te dan ganas de tirar todo por la borda y decidir la convivencia. ¿Crees lo mismo?

—Es un tema que sabes que me interesa, pero voy directo al que me preocupa: Lucía, sorpresivamente, se presentó ayer en mi casa. No para siempre, solo hasta que se acomode en la ciudad.

—¿Cómo? —inquirió con estupor y Laura para evitarle un camino de teorías erróneas, le explicó.

—Mi amistad con ella me hace acogerla con gusto y ayudarla en todo lo que de mi dependa. Está muy sola y lleva sobre sus espaldas una historia que deberé contarte personalmente. Si te parece almorcemos hoy en nuestro restaurante preferido.

—Por supuesto. Al mediodía te espero donde siempre. Besos.

—Miles te envío yo.

Cortan con una sonrisa.

Julia, ayudante de Laura, estaba en las tareas domésticas cuando le pidió un desayuno para dos. Al ver su sorpresa le aclaró,

—Mi amiga Lucía duerme en la habitación de visitas. Cuando todo esté pronto iré a despertarla. Demás está decir que es como una hermana, así que utiliza todas tus artes para hacerla sentir bien.

—Sí, doctora.

—Es hora de decirme Laura. Quita el "doctora" que no pega luego de tantos años de estar juntas.

Había entre ellas cariño entrañable.

V

LUCÍA

Se despertó sin saber dónde estaba. Dormir profundamente produce amnesias fugaces. Pronto recordó el mal día de ayer que hoy no parecía tan malo.

Había salido del nido de víboras para gozar del placer de estar en casa de su amiga y a salvo. Era demasiado bueno.

También recordó al vaquero estrella que hizo sacudir su interior. Incluso acudió a su mente la promesa de encontrarle trabajo. Pero de ilusiones no se vive y sí de encarar la realidad.

Pasó al baño y no necesitó sacar nada de su mochila. Al ocupar la habitación en suite, encontró todo lo necesario para su higiene personal y hasta para su vestimenta.

El buen gusto de Laura se sentía al tocar las prendas que colgaban en el guardarropa. Eligió unas bermudas de *jean* a media pierna y una remera amarillo suave. Creía que la temperatura era la de un otoño incipiente. Zapatillas simples del color de la remera. Sus ojos claros y su cabello rubio combinaban bien. Se miró al espejo y la figura que vio no le disgustaba. No hubiera querido tener otra imagen. Destilaba alegría, una emoción que hacía tiempo no experimentaba.

Cuando bajó, conoció a Julia. Se presentaron y Laura, vestida para salir, se sentó frente a ella para desayunar. No faltó nada. Todo estaba más que delicioso. Laura con tono apesadumbrado le explicó que iría a almorzar con Jorge y la dejaría sola por un rato. En ese momento sonó el celular de Lucía y escuchó la voz del vaquero.

—¿Colin? No es un nombre fácil de recordar, pero lo hago. Debe ser por el buen recuerdo que tengo de ti. Conseguí que me escucharas en un viaje que te habrá parecido interminable.

Él se dio cuenta que ella sonreía.

—Tienes razón que mi nombre irlandés no es común en este vasto país, en cuanto a considerar al trayecto interminable, es cosa tuya. —Pausó antes de continuar—: te invito a almorzar a un lugar típico frente al río —temió una negativa que no llegó.

—¡Es fantástico! —expresó entusiasmada—. Laura tiene un almuerzo y tu propuesta es un acierto.

—Te paso a buscar en un rato —apuntó Colin.

—No hace falta, iré en taxi. Visto informal, ¿está bien o debo cambiarme?

—Superbién —afirmó sin haberla visto. Desde toda óptica sabía que era bonita—. Nos vemos a la una.

VI

LUCÍA Y COLIN

Cuando Lucía llegó en el vehículo de alquiler, Colin ocupaba una mesa junto al río, bajo una enorme sombrilla de lona blanca. Le pareció más apuesto de lo que recordaba.

Se levantó a saludarla, con un beso en su tersa mejilla, inclinándose por superarla lejos en altura y le acercó la silla. Así vestida y con el rostro descansado, su belleza destacaba. Recordó la altura y el contorno de sus hermosas piernas, que sus bermudas dejaban bastante a la vista. A pesar de tener anudado al cuello un fino saquito de lana celeste, la remera amarilla marcaba un busto perfecto en forma y proporción. Nada evocaba a la mujer despatarrada en el piso de la estación de servicio, aunque aquella imagen que recordaba bien, lo sacudió en su momento y cómo.

Con la mayor indiferencia posible y el rostro imperturbable para disimular la impresión que su presencia le produjo, sin vueltas expresó:

—Conozco el sitio y por eso sugiero un filete de pescado del lugar, asado a la parrilla y bien tostado, acompañado de papas hervidas al vapor y aderezadas como tú quieras. La bebida que acompaña es un vino blanco y frío.

—Me parece una sugerencia acertada y una combinación perfecta. Me encanta el pescado, las papas y el vino blanco.

Después de ordenar y relajados por el ambiente, optaron por poner sus mentes en blanco, vacías de contenido y disfrutar. Las intenciones de Colin de ser el inquisidor se esfumaron y dieron lugar a que cada cual expresara lo que le viniera en ganas.

La primera en hablar fue Lucía. Algo la impulsó a ello. Tal vez el compromiso, que asumió la primera vez que se vieron, de contarle el final de la historia. No estaba segura si era el lugar apropiado, pero no pudo con su genio.

—Presumo que como todo médico que trabaja en un sitio en comunidad se llame hospital, clínica o sala de primeros auxilios, tiene, tuvo o puede llegar a tener los mismos problemas que padecí yo —comenzó a exponer y tenía para largo—. Sé que mi actitud de abandonarlo todo, aún te hace ruido. En todos los ámbitos donde compartes "algo" con otros de tu especie, ya sean conocimientos, espacios, relaciones de empatía o ecpatía, es posible tener esos inconvenientes y estar exento de ellos es casi imposible.

—Mujer, me soltaste una bomba informativa mientras iba conduciendo —protestó Colin, sin enfado, ¿acaso cabía el enojo si él se preparaba a plantearle proyectos que ella podría rechazar? Y ella respondió en el acto.

—Ya dije que los he tenido y ¡mamita si los he tenido! Tal vez pueda llamarlo un "*bullying* tardío" porque todos los involucrados dejamos de ser niños o adolescentes. —Aún no afloraba toda la verdad de su garganta.

—Lucía, todo lo que dices es una verdad objetiva, aun cuando parta de tu subjetividad. Has sido clara y precisa y es muy interesante eso de "*bullying* tardío" —comentó, y sopesó lo que diría a continuación por considerar que el cuento no sería sencillo ni corto—. Es difícil madurar y crecer para muchos. El ensañamiento contra alguien del propio grupo pone de manifiesto que sus integrantes tratan de insuflarse más aire del que necesitan para respirar, por sus propias carencias. Creen que ese oxígeno extra, puede llenar sus vacíos y, como no lo consiguen, lo utilizan como combustible de sus máquinas generadoras de odio y rencor.

Esas palabras sirvieron a Lucía de punto de partida y con la serenidad que no creyó poseer, pudo explicar el porqué de todo:

—Hablas de insuflar y no puedo darle más vueltas al asunto. No me refiero a que deba darte una explicación obligada, pero siento necesidad de poner fuera de mí ciertas situaciones por las que he pasado, y así poder mirarlas como observadora y con ello digerirlas.

—Te escucho con atención. —Tomó una de las manos de Lucía entre las suyas en señal de amparo, que ella aceptó por unos instantes y lentamente la retiró al sentir la necesidad de plantarse sola frente a su infortunio.

Colin la miró a los ojos para sumergirse en la profundidad de su mente y ver hasta dónde llegaba la oquedad.

—La palabra insuflar —repitió—, me conmueve al extremo, y verás por qué en detalle. Hace poco tiempo participé como anestesista en una endoscopía digestiva alta, realizada por una colega especialista en esa práctica. La paciente, una mujer joven, se hacía un control de rutina a pedido

Norma Fink

de su médico de cabecera. Todo parecía normal según su ficha clínica.

En ese momento traían los platos servidos e hizo una pausa. El intervalo le quitó parte de la opresión que sentía en el pecho cuando recordaba lo sucedido. Colin aprovechó el impasse para sonreír y ayudarla a pasar el mal momento que percibió estaba atravesando y la indujo a probar el pescado que lucía delicioso. Lucía entendió su perspicacia además de su gentileza. La historia era larga y el apetito tal vez lo recuperaría luego, ahora no podría pasar bocado.

—Gracias por tu esfuerzo en distraerme, pero necesito continuar desde la interrupción.

—Hazlo sin disculpas. Es más importante para mí escuchar lo que tengas que decir, que el almuerzo.

No hizo falta más para que Lucía reanudara desde el punto en que suspendió el relato.

—La doctora Carla Ponte, que haría la práctica, tenía un buen currículum y la anestesia era sencilla. No era necesario intubar. Mi colega no es mi amiga ni enemiga es: "ni". Hasta aquí todo bien. A la hora fijada para intervenir, la paciente recibió la anestesia y todos sus signos vitales, que controlé, eran correctos: presión, oxigenación, pulso y adormecimiento suficiente para comenzar. Ya tenía previsto para el caso, de ser necesario, utilizar la otra técnica de reemplazo —continuó Lucía, bajo la atenta mirada de Colin.

—Hasta ahí, lo normal en tu trabajo, sigue que me interesa.

—Mi atención estaba puesta en el control y en caso necesario, aumentar el suministro de anestésico. —Tomó aire pues esos recuerdos le hacían entrar en pánico y reducían su capacidad respiratoria. Inhaló y exhaló como si estuviera meditando y pudo retomar el aliento—. Algo pasó, pues cuando Carla introdujo el endoscopio provisto de una pequeña cámara con lente de aumento, observé que hacía demasiada presión para colocar el aparato que supuse flexible y creí moderno. La posición de la paciente era la correcta y, en un mínimo tiempo, todo se transformó en tragedia. Su abdomen se había hinchado al igual que desfigurado su rostro y la sangre brotaba de su boca.

—¿No se detuvo la doctora? —inquirió Colin extrañado.

—Le grité que parara y Ponte seguía introduciendo el endoscopio que ya había tocado el estómago, sin intención de retirarlo por lo que pude ver y a pesar de lo que estaba ocurriendo. Controlé su ritmo cardíaco ya casi inexistente y volví a gritar a Carla a voz en cuello, que parara y retirase todo. Si no fuera trágico, te diría que su mente estaba en otra dimensión. Intubarla era imposible por el copioso sangrado. En ese momento aparecieron médicos del equipo quienes, al acercarse, se dieron cuenta que todo estaba perdido —Lucía no pudo evitar pequeñas lágrimas que rodaron por sus mejillas.

Colin repasaba la información y no quiso hacer ninguna pregunta a fin de obtener todos los datos posibles.

Lucía continuó:

—Me alejaron y ocuparon mi lugar sin contemplaciones, dándose cuenta de que era imposible practicar una reanimación. Seguía emanando sangre por la boca proveniente de la perforación del esófago, y la hinchazón generada por el aire que se le insufló en exceso con el endoscopio no tenía remedio. Observé, mientras mi corazón latía a mil y mis piernas casi no me sostenían, que Carla Ponte se agarró de la cabeza y dijo: "¿Qué me pasó y por qué no me detuve? Esto que hice es imperdonable, la he matado." No solo lo escuché yo, también lo hicieron los médicos del RPG y comentaron: "Solo en un acto de locura alguien pudo cometer semejante crimen". Se acercaron a mí y me interrogaron con la mirada. Solo pude decirles que, clínicamente, la paciente estaba perfecta para hacerle la práctica. Nunca presencié algo así. Es inédito e inexplicable y no pude hacer nada, pues lo mío funcionaba a la perfección. Les expliqué que le grité desesperada, para que se detuviera y la liberase del tubo en cuanto vi la sangre y la hinchazón en simultáneo. En el momento de entrar se dieron cuenta que la situación no ameritaba práctica alguna.

»Continué explicando que, a mi juicio, un paro cardíaco terminó con su vida el cual se produjo cuando el endoscopio le perforó el esófago y el aire insuflado ayudó a que sucediera. Si el aparato no hubiera estado en condiciones, debió la doctora suspender la operación y no lo hizo. Más que fatalidad, fue una sucesión de errores. Los colegas se observaron entre sí asombrados con mi descripción, y ese fue el principio del fin de mi estabilidad médica. Lo supe desde el instante en que vi el intercambio cómplice de miradas que se prodigaron. Todos, desde el minuto uno, pergeñaron la historia para salvar a Carla y hundirme a mí, y se confabularon para que el juicio lo iniciara su familia contra Lucía Pereda Soria, con el argumento que ellos diseñaron. Todo fue una pesadilla, pero las pruebas de mala praxis de Carla Ponte eran de tal evidencia y certeza, que los jueces fallaron en su contra y me liberaron de toda culpa. Luego vino lo que ya sabes. No puedes compartir el lugar donde eres rechazada y la injusticia sabe a veneno. Me fui.

Colin, luego de escuchar asombrado y con el ceño fruncido, con voz alterada pero segura, expresó:

—La actitud de los médicos de ese hospital amerita retirarles el título y la prohibición de ejercer la medicina de por vida. Estamos ante una asociación ilícita que debe dar lugar a un juicio penal. La doctora ya ha recibido su castigo con la sentencia. A ti te han causado un daño moral de valor incalculable. No cualquiera sale indemne de una situación como la que pasaste y no creo que la bicicleta ni el cambio de ambiente sean de suficiente ayuda. Iremos viendo.

Era cuanto pudo decir para salir del estado de conmoción que le causó el relato y dar a Lucía un sostén emocional.

—Gracias por querer involucrarte, pero te dejo libre. La mochila que llevo hará que alguien dude de mí y no quiero que tú lleves esa carga, y menos sin conocerme. —De sus palabras estaba convencida, pero en su interior sintió que la ternura con que Colin habló era lo que necesitaba.

—Disiento —expresó él con gesto severo para que ella entendiera que por más que rechazara su colaboración no lo iba a alejar—. Eso lo decido yo y mis colegas del hospital británico. Empezarás por algo que no esté ligado a la anestesia ni a la cirugía de momento. Repito: iremos viendo. En cuanto al juicio a tus mal denominados "colegas", permite que te ayude a buscar el profesional que pueda tomar el caso.

Lucía sintió que Colin estaba decidiendo por ella, tal vez sin darse cuenta y con buenas intenciones, pero el tono severo de su voz decía otra cosa. Ella quería rehacer su vida sin ser una marioneta y decidió expresarlo con énfasis:

—Agradezco que quieras cooperar, pero nadie decidirá por mí: No soy un maniquí, soy médica y aunque padecí por ello, tengo capacidad de resiliencia.

—Disculpa si te molesté, no fue mi intención. Por el contrario, desde que te vi bajar de la bici y caerte al atravesar la puerta de la cafetería, tu imagen no se borra de mi mente ni por un segundo. Tu verborragia inicial y tu parquedad posterior sobre lo que te ocurrió hicieron surgir mis dudas sobre quién eras en realidad. Con esto que te ha pasado y ver lo malsano del ambiente que te rodeaba, más se acrecienta mi necesidad de protegerte. No sé cómo definirlo, es un sentimiento, precoz seguramente, pero no menos genuino. Hablaré con mis colegas y en especial con uno de ellos a quien le informé a grandes rasgos quién eras.

—Pero… —intentó protestar Lucía.

—¡Pero nada! No lo acepto. Yo aún ignoro de qué va mi sentimiento, pero sí sé que tu valía aumenta mi estima por ti. Eres transparente. Pensarás que soy un atrevido. No lo soy. También tengo transparencias por las que puedes mirarme por dentro. No sé si hago bien en decirlo para no dejar al descubierto mi talón de Aquiles.

—Me hace sonreír que confieses que somos afines —dijo Lucía y endulzó su voz y su mirada al expresarlo.

—Más que afines —aclaró él—. Tú me gustas y no solo por ser bonita, que lo eres, es algo que va más allá; pero luego de la reprimenda de hace unos instantes, no me aventuro a decir nada más y, si te parece, mañana a la mañana nos encontraremos en el hospital con el doctor Horacio Donovan, que es un entrañable amigo y médico.

—Me encanta la idea. Dime a qué hora y estaré en el lugar que me indiques. —La respuesta fue espontánea. Tal vez antes se excedió en su defensa, pensó apesadumbrada al recordar la palabra “maniquí”.

—Te esperaré en la entrada sobre la avenida, a las nueve de la mañana, aunque te confirmaré luego, pues no tengo a mano mi agenda.

Luego de terminar el almuerzo de manera amigable, Colin la acompañó a casa de Laura.

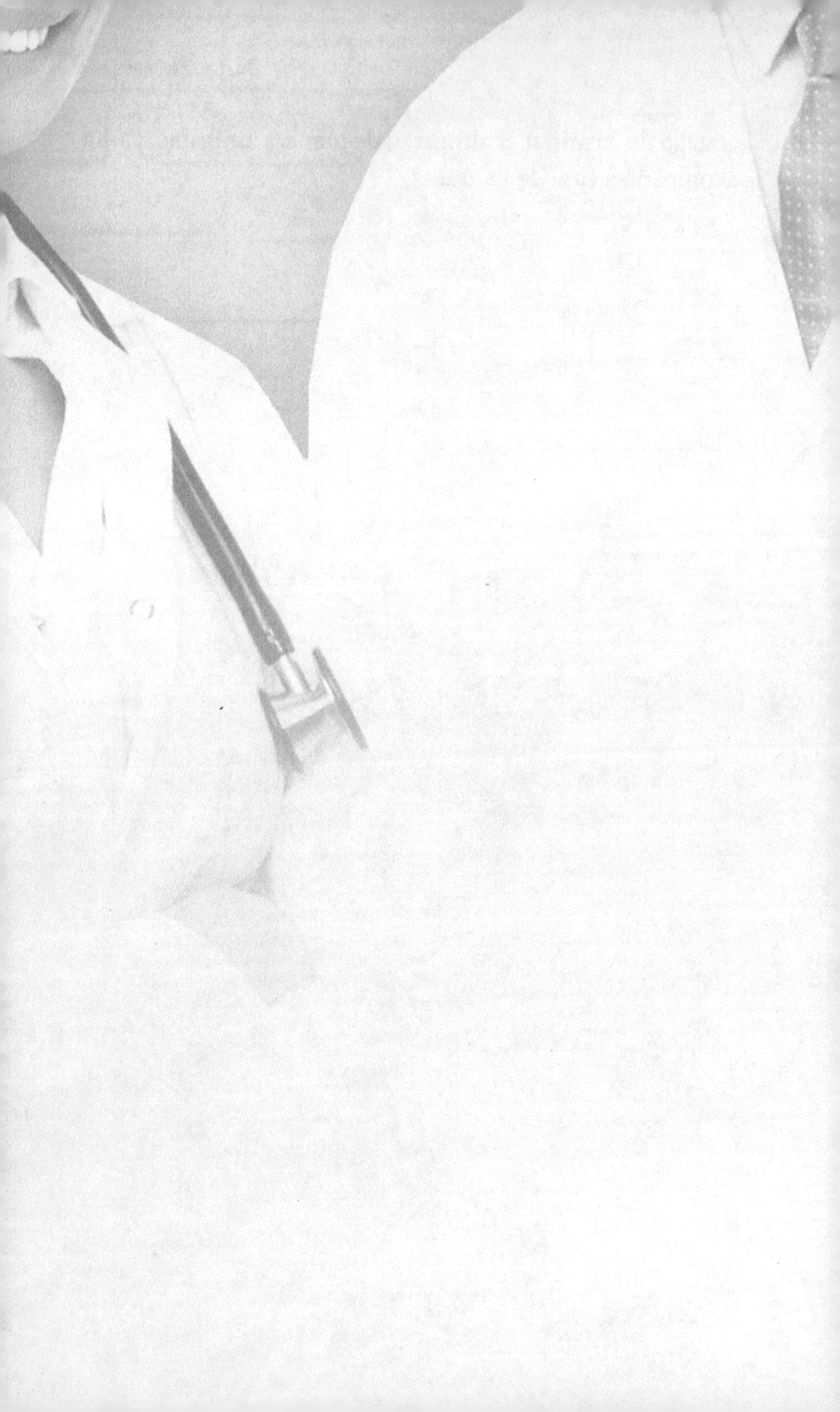

VII

LUCÍA

Pasaron tres días sin saber nada de Colin. Eso la inquietaba.

Cuando Laura le hablaba de la buena disposición de Jorge para iniciar un juicio contra sus excompañeros del hospital, ella contestaba que lo pensaría. La venganza no estaba entre sus prioridades. Primero debía tener dónde mudarse y segundo, conseguir algún trabajo.

Laura, si bien no tenía apuro en la mudanza, entendía que para Lucía era más cómodo contar con su propia vivienda. Sus gestos y nerviosismo la delataban. Tomó el diario y le fue leyendo los avisos sobre alquileres. Decidieron ir a ver un departamento a tres manzanas de su casa, que parecía interesante.

Laura hizo la conexión con el señor de la inmobiliaria y fueron a conocer el inmueble.

Resultó ser un pisito sin estrenar, con palier privado, cuatro ambientes, dos baños, habitación y baño de servicio, amueblado y con todo lo necesario en ropa blanca y hasta vajilla completa. Mejor imposible, por lo que se decidió en el acto, y ya en la oficina de la inmobiliaria firmó el contrato de alquiler previo el control de Laura de todo el papeleo.

Las expensas eran normales y en total el edificio era de cuatro pisos a razón de un departamento por piso. Nada mal y eso levantó su ánimo.

Celebraron las amigas con sushi y vino blanco. Tal vez se pasaron un poco con el alcohol, pero nada incontrolable. Cuando se disponían a salir, Lucía recibió la tan esperada llamada de Colin.

—Hola, belleza —dijo él, con voz que dejaba interpretar una amplia sonrisa—. No te llamé antes pues debí compaginar varias cosas para que te presentes en el hospital. Te esperamos pasado mañana a las nueve. Estaré a esa hora en la entrada para que no te pierdas en el laberinto de pasillos.

—Me has alegrado el día, por segunda vez.

—¿Cuál fue la primera?

—He alquilado un apartamento con la ayuda práctica y eficiente de Laura. Mañana podré mudarme. No creas que necesito ayuda. Mi amiga me ha provisto de ropa que llevaré en un bolso, además de la mochila que ya conoces.

—Es una muy buena nueva —el sonido de la voz de Colin denotaba total aprobación. Al fin ella estaría en un lugar íntimo—, y veo que paso a paso vas trazando tu nuevo camino además de notar que estás contenta.

—Es que hemos tomado vinito blanco de más, para festejar la firma del contrato…

—Si lo hubiera sabido, estaría ya en camino para buscarte y seguir celebrando. Nunca te he visto con alcohol en sangre y si bien no pienso aprovecharme, un acercamiento nos vendrías bien a los dos. Tú sabrás entenderme. Nos vemos el viernes a la mañana.

—Nos vemos. —Antes de cortar sintió las mariposas sacudir su interior. Ese hombre le gustaba en serio.

Cuando terminó la conversación, Colin sintió que algo estaba cambiando. La doctora ponía su ordenado mundo al revés. No como profesional, pero sí como hombre.

Mil y una oportunidades tuvo para formar una pareja con una de las tantas mujeres con las que tuvo una relación íntima, pero no por largos períodos. Salvo una vez.

Su pasión por el ejercicio de la profesión le restaba tiempo para lo que ellas pretendían, en casi todos los casos. Su necesidad de definirse que le exigían las dejaba en el lugar incorrecto. Él se conocía bien, y sabía que ese tipo de demandas producían en él una reacción contraria a las pretensiones reclamadas y optaba por alejarse a tiempo.

No podría asegurar que con Lucía le pasaría lo mismo. Tenía ya treinta y un años, y una carrera óptima. Pero la edad le estaba señalando que formar una familia no era una idea descabellada, sobre todo, si la mujer que incluía en el proyecto le provocaba algo más que la necesidad de satisfacer sus deseos sexuales y gozar de buena compañía. No podía definirla, y sí reconocer que algo estaba tomando forma a diferencia de su otra experiencia que no le interesaba recordar.

No sabía qué funciones asignarle a Lucía en el hospital, pero tenerla cerca en una cirugía, era algo que lo emocionaba. ¿Asistente, meritoria con posibilidad de intervenir cuando estuviera preparada y él la necesitara? ¿Hacerla practicar como cirujana, previa teoría y práctica específica? Además, por supuesto, de hacer la residencia en el hospital. No era ilógico ni desatinado y entonces paró sus elucubraciones al recordar que ella no quería ejercer la profesión. Contra esta decisión no podía tejer sueños.

Si bien él ahora era neurocirujano, ninguna cirugía le era desconocida pues había practicado todas. La especialidad era una forma de encasillarse, pero significaba tener más destreza y eficiencia a todo nivel.

Hablaría con el directorio del hospital sobre sus proyectos indefinidos. Tenía sus razones y si no, las buscaría.

A diferencia de lo que padeció Lucía, el equipo médico del británico era una gran familia. Sin embargo, no debía mostrar todas sus cartas, pues sobre vínculos, no conocía la existencia de un manual científico incuestionable.

La nueva tecnología aplicada a la medicina y en especial a la quirúrgica él la utilizaba en la medida que lo consideraba oportuno. Si bien la especialidad le demandó estudios específicos en equipamiento y práctica, un cirujano debe contar con su propio cuerpo y mente para cuando la tecnología se ve limitada e inoperante por diversas circunstancias extrínsecas. Son máquinas y si bien hoy reemplazan otro instrumental médico, el cirujano cuenta con su serenidad, temple, imaginación, osadía que nunca debe ser temeridad para manejarse y decidir la técnica a utilizar, pues las máquinas no razonan.

Hablaría con Lucía, tal vez así podía aclarar su mente y entender qué es lo que podía hacer para que se sintiera feliz, por lo que decidió llamarla de nuevo.

—Hola. ¿Eres tú, Colin?

—Sí, no te sorprendas si te digo que hoy cenaremos juntos. Si quieres, claro.

—Acepto. ¿Quieres que comamos algo en mi nueva casa? Eso significa sencillo y todo frío. ¿Tipo las ocho?

—Dime la dirección y estaré. ¿Te llevo algo?

—Nada, nos vemos. Te envío mi dirección en un mensaje. —Ahora quedaba en sus manos decidir qué comerían, pues la cocina no era su especialidad.

Y llegada la hora, estaban sentados frente a una mesa servida con sushi, ensaladas varias y vino blanco helado. El sushi que ha salido de Japón, aunque originariamente haya nacido en China, ha sido aceptado por todo el mundo occidental y no solo es rico, es hasta divertido comerlo.

Ambos estaban distendidos y conversaban de todo y de nada especial. Luego del postre helado y de levantar la mesa para poner en el lavavajillas todo lo utilizado en la cena, se sentaron cómodamente en el sillón de dos cuerpos de la sala para degustar sendos expresos.

Permanecieron en silencio hasta que Colin decidió hablar.

—Como anfitriona: excelente.

—Gracias. Tú, como compañía, superlativa. —Se acomodó mejor para disimular que el decirlo, la hizo sonrojar.

—Los cumplidos, aunque sinceros, los dejaremos de lado para enfocarnos en tu trabajo. Lo he pensado mucho y solo no puedo decidir nada, así que vengo a sugerir y a escuchar. No es fácil para quien ejerce como cirujano. Tenemos fama de tener la mente clara y ser firmes para tomar decisiones, pero no estoy en el quirófano y tú no eres una paciente.

—Has entendido bien mi postura y me interesan tus conclusiones. —La dulce voz de Lucía le dio pista libre a Colin para seguir.

—Aquí ejerzo de persona con buenas intenciones para lograr que ocupes, profesionalmente, el lugar que te haga sentir bien con lo que decidas hacer. Por tanto, espero que me digas algo sobre lo que imaginas o piensas y luego podremos intercambiar opiniones.

—Imaginé el motivo de tu visita y no me equivoqué. Sinceramente, no he pensado en algo en concreto, no sé si por estar inmersa en una burbuja de inseguridades o porque aún no he elaborado la idea de renunciar a una especialidad que era parte mi vida. Tal vez exagero, pero me esforcé por llegar a tenerla y abandonarlo todo por hechos ajenos, no me permiten pensar con claridad. Otra especialidad menos expuesta a tomar decisiones rápidas llevaría tiempo dominar, y la responsabilidad es una virtud que no es tal si es exagerada. Y yo lo soy.

—Pensé que esta sería tu respuesta y te entiendo. Puedo parecer un pedante visionario. No es así. Tu sensibilidad es inocultable para cualquiera que te vaya conociendo. Y yo soy uno de ellos. Por eso no quise adelantarme con proposiciones para no parecer invasivo y dejarte balancear en tus propias tus dudas y como todo balanceo puede ser hasta placentero.

—Eres muy efectivo y sincero para despertar la imaginación del otro. A esta altura de nuestra relación, te aseguro que nada de lo que digas lo consideraré invasivo. Tu buena fe la doy por cierta.

Las cejas de Lucía en alza y sus iris en ángulo, apoyaron sus palabras.

—Entonces puedo empezar. Eres muy joven y capaz. Estás habilitada para emprender lo que desees. Soy cirujano y me especializo en neurocirugía, pero sin falsa modestia, puedo decir que soy hábil en casi todo el espectro de posibilidades en el campo quirúrgico. Si debo dejar de lado algo de lo que hago para ayudarte, lo haré gustoso. Hay principios que no son tales cuando, aun siendo egoísta, puedes relegar para crecer. Te preguntarás crecer "en qué" y te digo que no tengo la respuesta, pero es algo interno que se siente y te impulsa a tomar decisiones que crees acertadas. Si resumo, debo decir que quiero tenerte a mi lado en cirugía, para lo que fuere, ya sea meritoria o instrumentadora. Pero solo como un comienzo de tu presencia en el hospital. No seré tu maestro, pues deberás cursar estudios si deseas otra especialidad. Si lleva tiempo, no es el problema. Hay quien dice que decidirse a ser cirujano lleva tres años, diez para aprender y treinta de ejercicio para ser un buen profesional, y entonces debes retirarte.

Lucía sonrió en su mente porque él no sabía nada de su especialidad quirúrgica, por lo que siguió escuchando.

—En mi caso me he salteado etapas y, en poco tiempo, la seguridad con que tomo cada operación hizo crecer mi fama. No me lo propuse, todo fue esfuerzo e instinto y no mirar para el costado. Parezco un vanidoso e inmodesto, pero mis colegas no me lo hacen sentir. Es una realidad que se dio por la suerte o quién sabe por qué. Espero que no me juzgues de otra manera.

—Estoy atenta a todo lo que dices, incluso con relación a ti. Y si viera algo que crea que debes corregir, te lo diré. El renunciamiento del que hablas, no lo acepto, salvo que seas tú mismo quien quiera cambiar por equis razones. Todo el encadenamiento de soluciones que me das como posibles, no me disgustan. No olvides que estuve siempre en un quirófano y lo conozco bastante bien —dijo, sin pensar si era una mentirilla o solo un ocultamiento, se aclaró la voz y continuó—. No veo ser merecedora de ninguna paga, pues seré una aprendiz que, por suerte, no necesita de dinero para subsistir y eso es gracias a mis padres, y a mis ahorros. Deberé ser yo la que pague para que otros pierdan su valioso tiempo colaborando conmigo. Solo dime cuándo empiezo a ejercer como instrumentadora quirúrgica. —Antes de continuar pensó en el efecto que podrían causar sus palabras, pero no se amedrentó; con voz segura y la mirada puesta en las adorables y expresivas manos del hombre que tenía enfrente, decidió confesar—: No necesito ninguna preparación para ejercer como cirujana o anestesista. Hice mi especialización y residencia en cirugía, lo que me habilita a ejercerla. Pero elegí ejercer como anestesista, por razones varias.

Colin se quedó pensativo. Lucía seguía siendo una caja de sorpresas que lo descolocaba. Como protector y maestro nada debía hacer, ella tenía cartas en su mano que él no podía adivinar por más conocimientos que tuviera sobre el juego en el que estaban inmersos.

Colin se levantó para acercarse a Lucía y, tomándola de las muñecas, la puso de pie. Acercó su cuerpo al suyo y la besó en los labios sin recato. Era una demostración genuina de esa sensación que rondaba en su interior y no lograba fijar un destino. Ella, un tanto sorprendida, dejó de estarlo y respondió a ese beso abiertamente, y sin cautela.

Algo se estaba gestando entre ambos de forma natural.

Besar a Lucía fue abrir el dique para dar paso a una catarata de deseos reprimidos o ignorados. Todo sería más difícil a partir de ahora. No había sido solo profesionalismo. Surgieron emociones difíciles de calibrar, y encausar, para no caer en confusión y perder el objetivo primigenio: ubicar a Lucía en el hospital.

Su respuesta al aceptarlo sin fingimiento en ese delicioso hocicqueo como expresión de voluptuosidad fue inconfundible. Si sobrepasó su sensatez y se instauró en sus emociones, sería irreversible e imposible de erradicar. Pero las relaciones humanas no se basan en fórmulas matemáticas, su alcance y evolución pueden variar. No era un consuelo ni un deseo, era el temor a lo desconocido y al sufrimiento. La paridad entre el amor y el dolor es vacilante, y no lo ven los que recién se enamoran. Es una observación propia de quien conoce las erráticas conductas humanas.

Debía darse una respuesta y la compaginó: Aceptaría el presente, lo encararía sin temores y con honestidad.

Luego de este devenir de pensamientos post beso, debía encajar a Lucía en el hospital cuanto antes, por ella y por él.

La cena terminó como comenzó, con buena vibra. No siguieron jugando con el sexo. Ni siquiera había empezado el juego.

Se dio lo que temía: estaba enamorada de Colin. Ignorarlo sería un absurdo. Si para él el beso tuvo una connotación distinta no podía saberlo. Las mujeres creen ser las dueñas del sentimiento "amor". Parece ser privativo del género, pero no es así. Tal vez la naturaleza nos puso ante la idea de que no necesitamos más que sentir amor por el hombre con el que formaremos una familia. Eso podía ser así en otros tiempos. Hoy el mundo en su evolución demuestra que los roles no están tan definidos ni la fidelidad es cuestión de género. Todo es cuestión de prueba y error, cualquiera fuera el sexo. Sin embargo, hay normas básicas que cada cual tiene impresas en su ADN o motivadas por vivencias infantiles y de crianza, o por lo que le toca transitar a lo largo de su corta o larga vida. Todo es un conjunto de causas que llevan a una persona a tomar un camino u otro, aun sin proponérselo.

Ella dejaría que las circunstancias fueran tejiendo la red de contención, con una trama más o menos abierta que no elegiría ella.

Norma Fink

Él fue honesto en todo lo que dijo y era razonable incursionar como instrumentadora quirúrgica, como él sugirió, para hacerla sentir segura, dado lo que tuvo que padecer. Tuvo buenas intenciones al proponerlo.

Cuando Colin se fue de su casa, pensó en el día siguiente y en estar descansada para la reunión, por lo que se fue a dormir.

VIII

REUNIÓN EN EL HOSPITAL Y MÁS

Tal como le señaló Colin, Lucía esperó en el salón de entrada del británico. Iba vestida con elegante sencillez. Un traje de pollera y casaca color beige, y una blusa celeste claro. Un recogido natural de su pelo tomado con una hebilla de carey. Zapatos de taco bajo, para no acentuar su altura de modelo.

Estaba nerviosa, pero segura de que sortearía esa dificultad en cuanto estuviera en presencia de sus interlocutores. Colin no le producía inquietud. Era el conjunto de médicos de la dirección lo que la ponían en ese estado. Lo sentía como un volver a compartir experiencia con un *staff* médico del que tenía malos recuerdos, pero eso era agua pasada.

Vio la figura de su vaquero avanzar hacia ella. Cuanto más cerca estaba más se veía la estampa bella y varonil de quien se había enamorado. Él le dio un beso en la mejilla. Sin palabras la tomó por la espalda y la llevó al ascensor. Dentro del cubículo le dijo:

—Estás muy bonita. En la sala de juntas veremos a Donovan, a los cirujanos: Juan Iglesias y Javier Estrada, y al anestesista, Max Spencer. Ellos forman parte del directorio y son colegas de primer nivel, igual que tú.

Con esas palabras Lucía tenía el camino allanado. Tomarla como médica de primer nivel, era una demostración de que le estaba transmitiendo tranquilidad y algo más: sentimiento. Fue como ingerir una pastilla sedativa con libélulas (por no pensar en mariposas para cambiar un poco) incluidas dentro del medicamento.

Dentro de la sala fue presentada y saludó con un apretón de manos a cada uno de los directores. Sintió calidez en cada apretón y en la mirada de cada uno. Luego de los saludos, la invitaron a sentarse. Habló primero Horacio Donovan, quien no quitó sus ojos de la cara de Lucía, pero su mirada era cariñosa.

—La reunión tiene por finalidad ubicar a la doctora Pereda Soria como médica dentro del hospital, como todos sabemos. La conozco a través de las palabras del doctor Ryan y, como tengo buena memoria, considero que está facultada para emprender la tarea que se proponga en el hospital. Escuchemos su idea al respecto.

«Tiró la pelota a mi cancha», pensó Lucía y, con una sonrisa sincera, expresó:

—Gracias, doctor Donovan. Creo que estar en cirugía es lo que más me tienta, no como cirujana ni anestesista, mi experiencia es haber prestado atención cuando la anestesia me lo permitía, al trabajo del cirujano. Si lo sumo a la práctica que realicé para serlo, tanto en la facultad como al ingresar al hospital donde trabajé, significa estar preparada para ejercer como médica en las dos especialidades. Conozco el manejo de los instrumentos y de la aparatología moderna, pero las circunstancias por las que pasé, no me permiten ejercer la profesión como lo quise siempre: con entrega y sin miedos. Creo que si me permitieran presenciar las operaciones que se realizan aquí, sería suficiente para ser instrumentadora quirúrgica cuando ustedes lo dispongan.

Se hizo un silencio donde cada uno de los presentes evaluó sus dichos y el doctor Juan Iglesias decidió hablar:

—Estimada colega. Lo de estimada, a pesar de que recién la conozco, es por valorar la seguridad con que habla de sus conocimientos. En cuanto a la transparencia de sus gestos, dan a entender que lo que dice no es una impostura, sino una verdad expresada con altura. Hablo por mí. Estaré encantado de que presencie cuantas veces quiera todas mis operaciones a partir de ahora e incluso tenerla como ayudante.

Los demás dijeron algo parecido y el resultado de la reunión fue el acuerdo unánime para que la doctora Lucía Pereda Soria empezara a trabajar en el hospital a partir de ese momento, tanto como observadora como practicante. En cuanto a los honorarios que se generaran por su trabajo real, sería evaluado en otra reunión.

—Agradezco a todos la buena voluntad. Sé que conocen mis antecedentes a través del doctor Ryan. Les dejo mi historial por escrito y así pueden corroborar lo que expresé. Para comenzar veré la programación de las cirugías del hospital y cuanto antes iniciaré el trabajo.

Todos se levantaron a estrecharla en un abrazo de aceptación. Se retiraron y ella quedó con Colin quien le propuso ir a la cafetería para conversar sobre lo acontecido. Aceptó gustosa.

Se sentaron y Colin le tomó una mano que ella tenía sobre la mesa, le acarició la palma en señal de acercamiento y algo más. Lucía la retiró con disimulo para que nadie entendiera que había algo entre ellos. Por lo menos no en el hospital.

Él se dio cuenta del motivo de su actitud, sintió el vacío en su mano y, a la vez, el deseo de tocarla toda, mas solo se limitó a hablar.

—A veces nos delatan los sentimientos con acciones que pueden evitarse. Es difícil, pero trataré de tenerlo en cuenta. Apostar por ti ha sido una buena idea. No has fallado en ninguna de tus apreciaciones y has conquistado a todos. No debes apresurarte ni dejarte estar. El equilibrio es una demostración de cordura. Yo no dije nada, pero sabes que puedes presenciar todas mis intervenciones y quién te dice que no terminarás suturando la herida si lo ordeno. Coser y cantar será para ti hacerlo a pesar de todo. Estoy seguro.

—Agradezco tu confianza. Y no me temblará el pulso si debo cumplir una orden que aceptaré sin chistar, pues estaré de ayudante de instrumental y al servicio de la medicina en el más amplio sentido. —Sus ojos se nublaron de emoción al reconocer que sus ilusiones tomaban forma de realidad.

—La alegría que hay en tus ojos no la vi nunca. Surge de dos lagos de aguas transparentes como espejo de un cielo despejado. Me alegro por ti, por mí y por los pacientes del hospital —señaló Colin.

Esa alegría es propia de quien se anima a tomar decisiones, acertadas o no, ya se vería.

—Tengo una edad en que los años que no son ni pocos ni muchos, aunque sí suficientes para ser adulta y tomar decisiones según el momento, y las circunstancias.

Colin la miró con deseos de entender qué había detrás de sus palabras. Sus deseos eran más que eso según lo indicaba la acumulación de sangre en cierta parte de su anatomía, pero no inquirió sobre ello y desvió la conversación.

—Para ir resolviendo problemas de a uno. ¿Cómo piensas encarar el abandono del hospital?

—Simplemente con haber presentado una nota explicativa firmada por mi amiga y apoderada Aurora Ahumada. Ella inició un expediente en el hospital explicando los hechos para que evaluaran su actitud y la del equipo médico. No quiero venganza sino una disculpa pública. Es una forma de evitar la repetición de conductas similares en otros centros clínicos, en caso de llegar a un juicio. Si consigo una sentencia ejemplificadora me daré por satisfecha. Que antes de actuar piensen en el riesgo que su conducta egoísta puede acarrearle a cualquiera.

—Me dejas admirado por la velocidad con la que actúas y sin ayuda de nadie.

Lucía se tomó su tiempo para responder con el corazón:

—Carecer de familia te hace serlo a la fuerza. No tienes respaldo y debes arreglarte sola. Sería injusta si no reconociera que tú me haces sentir protegida, además de mis amigos.

—Aún no adviertes que hay una diferencia entre tus amigos y yo. Pero eso lo verás por ti misma cuando sea el momento. —No se animó a decir más para que fuera ella la que interpretara su intención y no se equivocó con la respuesta esperada.

—¿Cómo quisieras que fuera nuestra relación? —preguntó ella sin ambages.

La respuesta de Colin fue inmediata.

—Hay quienes sostienen que el varón solo ve el sexo como un impulso primario para gestar y reproducir la especie, no lo comparto. Esta actitud de macho puede darse en algunos hombres y en el reino animal, pero considero que las emociones o impulsos varoniles no necesariamente se relacionan con el sexo. En una relación de pareja hombre-mujer, hay algo más que libídine. La voluptuosidad y el celo son importantes y si no llegaran a funcionar dando placer a ambos, sería inútil hacer uso de las otras causas que puedan unirlos. —Colin estaba por frenar y dejar por la mitad sus convicciones, empero no lo hizo—. Sin sexo satisfactorio, lo demás puede ser amistad, empatía, compañerismo, pero no amor en el sentido de vínculo completo de sentimientos y atracción sexual. Con todo lo dicho sigo sin poder contestar a tu pregunta pues no lo sé. Me atraes sexualmente desde que te vi piernas arriba en la cafetería de la gasolinera. En cuanto a emociones, tú me provocas miles y puedo enunciar algunas: afinidad, encanto, seducción, efusión, cohesión, admiración. Quisiera que fueran perdurables, eternas y correspondidas.

Mientras lo escuchaba, Lucía sintió que las emociones invocadas por él eran también suyas y tan visibles que su desnudez interior estaba a la vista, solo atinó a contestar con la voz que le saliera de sus cuerdas.

—Creo que has contestado a mi pregunta. Y, como siempre, el balón queda en mi campo. Me animo a expresar que no me eres indiferente por no decir que me gustas. Si esto es enamoramiento o no, no tengo tu locuacidad para expresar, exactamente, lo que me produces a nivel sentimientos. Atracción, sí, con solo ponderar las mariposas que revolotean en mi interior cuando estás cerca o pienso en ti. Pero tenemos además otro tipo de unión producto de la solidaridad y la ayuda que me brindas para ocupar mi lugar en el mundo. Eso es igual a considerarme protegida y amparada. Para concluir, y no seguir teorizando, ¿qué te parece si cenamos en mi casa esta noche y...? —Miró a Colin a los ojos mientras expresaba esto último. Él no solo tenía las pupilas dilatadas, su fuerte mandíbula inferior estaba tensa por saber qué estaba implícito en aquella invitación.

No pudo contener la risa y él la siguió. Cuando volvió a unir sus labios, tomó sus manos y las apretó con fuerza cuidándose de no lastimarla. Era sellar el pacto de una relación con todas las letras.

¿Debía avergonzarse de las palabras no dichas, pero insinuadas? ¡No! ¿Dónde estaba escrito que era el hombre el que debía hacerlo y no al revés? En ningún código que rigiera para ella.

—Esto es tan fuerte que me cuesta asimilarlo —comentó él—. Si te dijera que estoy flotando en una alfombra mágica por el universo, ¿me creerías? Un regalo de felicidad me brindas. Concretar nuestro deseo puede ser ahora, en media hora, hoy a la hora del crepúsculo. Esta última es la que más me gusta, para pasar toda una noche juntos hasta el amanecer y más.

Y se terminó el coloquio. Antes de despedirse en la puerta del hospital, quedaron en encontrarse en la sala de cirugía, donde Colin practicaría una intervención de extirpación de un tumor benigno en la base del cráneo de un paciente. Lo interesante era el programa de esa noche: cenar en casa de Lucía y...

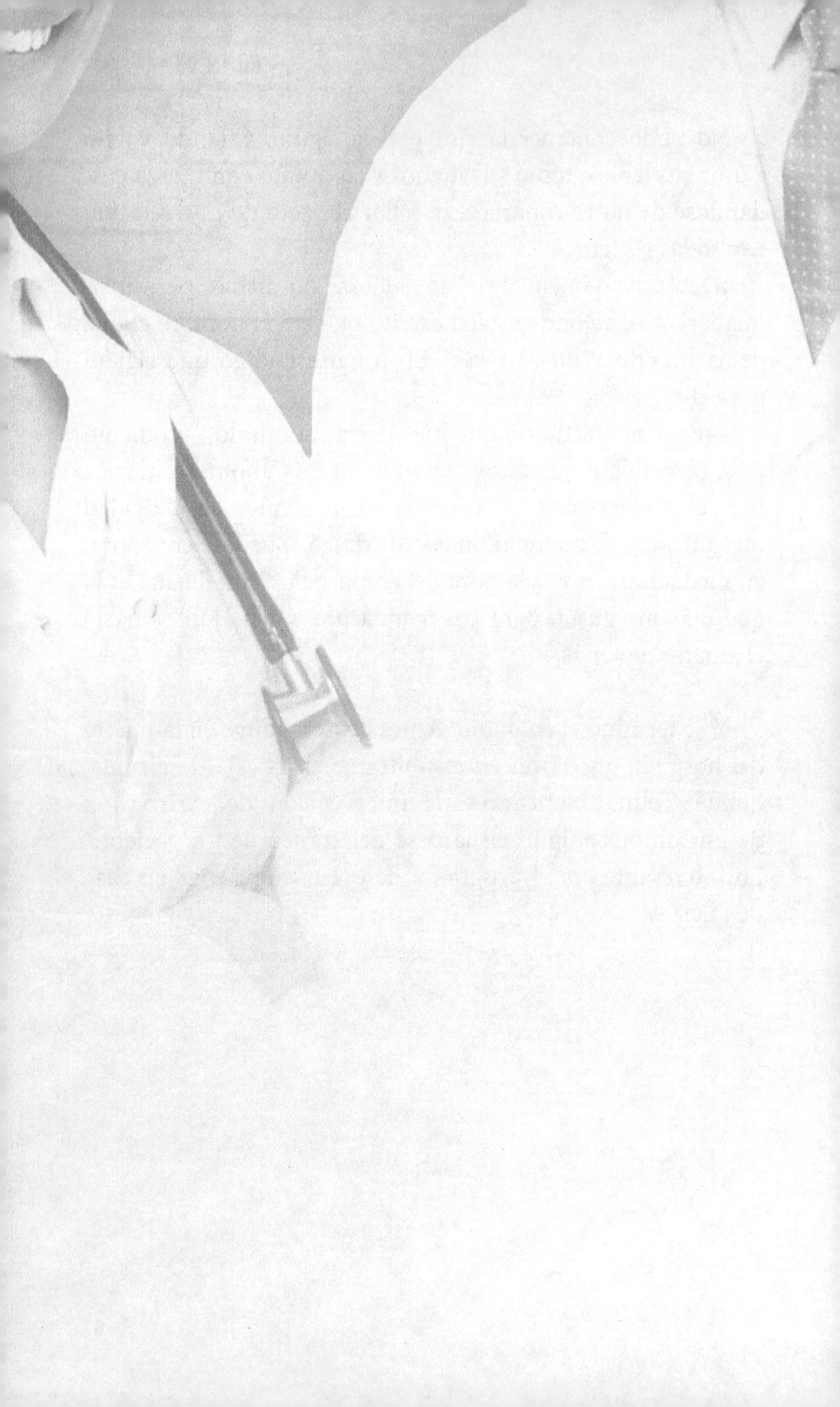

COLIN Y LUCÍA

Lucía pidió toda la cena en un restaurante cercano y de calidad, pues con la cocina nunca pudo. Tenía habilidad manual y fina destreza táctil, pero no con los alimentos. Era más fuerte que ella; no conocía el origen, aunque, tal vez, se negaba a realizar eso que parecía un designio para la mujer: ser proveedora de alimentos *in eternum*. Eso lo aceptaba con los bebés y los animales domésticos, pero no para el resto de los mortales.

La ansiedad que le producía a Lucía lo que pudiera ocurrir entre ellos, no la pudo aplacar. Bebió un whisky en las rocas, que era más gratificante que un ansiolítico. Le estaba haciendo efecto pues se sentía en un estado de flotación "distinguido" y no muy acentuado.

Sonó el timbre y, con paso lento y elegante, llegó hasta la puerta y la abrió.

Un ¡*wow*! sonó en su mente y pensó que la imagen del vaquero era mejor de la que creyó: alto, delgado, de ojos azules transparentes y sonrisa pícara. Cuerpo atlético. Sus piernas y su sostén superior, por no decir glúteos, parecían metidos en la mejor marca italiana de *jeans* de tiro bajo. Una camisa con los primeros botones sin abrochar, mostraban un vello rubio natural que suponía tibio. Sus hombros sobresalientes y fuertes, cubiertos por un suéter azul de lana merino. Se podrían saltar la cena y eso sería fantástico. Cerró su boca entreabierta por la figura que tenía ante sí y sonrió antes de darle la bienvenida con un beso en la mejilla. Por suerte no traía nada en sus manos, pues era un dato que demostraba que pensaban igual. Formalidades aparte. Lo bueno son miradas, gestos, palabras y oídos atentos.

—Hola, mi nunca bien ponderada colega y algo más, quien prometió con su desbocada lengua en la cafetería, hacer de esta noche una fiesta de los sentidos.

—Cenemos primero por ser lo lógico y tal vez dejar en suspenso el momento del postre helado —dijo ella, estirando sus brazos hacia atrás casi como un gesto de entrega.

—No es mala idea, pero cuando dos personas como nosotros, con comunidad de intereses de todo tipo se sientan frente a frente, pueden desviarse del objetivo final.

—Habrá tiempo para todo —prometió ella, con sonrisa pícara.

Se sentaron a degustar las delicias de la cena elegida. Además del whisky previo, que a él no le ofreció, ingirió vino tinto de esos que hacen historia por sabor y textura. Así, desinhibida por el alcohol en cantidad aceptable, dijo muy segura:

—Mira, querido Colin, acabo de pensar y si lo acabo de hacer, es porque ya estaba dentro de mí desde antes —el invitado desconocía el rumbo que tomaría la anfitriona y tuvo razón, aunque hubiera preferido no tenerla.

»Nadie tiene la facultad de torcerme el camino que he trazado con convencimiento. No le tengo miedo a la anestesia y una historia funesta no puede hacer mella en mi persona ni en mis convicciones, aunque la he dejado en suspenso —también suspendió sus palabras para mantener la seguridad de su expresión—. Sí, seré instrumentadora quirúrgica, por ahora, y no sé hasta cuándo. —Daba a entender que ejercería su profesión en cualquier momento—. Así que asistiré a la operación y estaré atenta a lo que haga el anestesista, sin dejar de observar tu destreza como cirujano. Me tengo confianza absoluta y espero compartas mi idea.

Colin se revolvió en la silla y se irguió para decir:

—Ya sabía yo que algo nuevo surgiría de la nada y aquí me lo presentas como un hecho irreversible. No estoy de acuerdo ni en desacuerdo. Respeto tu decisión y te ayudaré en lo que necesites. Y como una cosa lleva siempre a la otra, es el momento de decir que quiero que me acompañes a un congreso de cirugía a realizarse en Londres en una semana —esperó para seguir, pues quería estar atento a los gestos de Lucía—, fueron invitados cirujanos y también los imprescindibles anestesistas.

Lucía se levantó de un salto y se arrojó al cuello de Colin que abrazó desde atrás y lo besó en la coronilla. Él, ni corto ni perezoso, se paró y, sin empujarla, giró sobre sí mismo, la enfrentó con su cuerpo que apretó contra él, la tomó en brazos como en las películas y solo preguntó:

—¿Aquí o en el dormitorio?

Como ella tenía su boca pegada a la suya, igual entendió y no dudó en llevarla al dormitorio.

Y allí estaba la cama king y toda la corte. Recostó a Lucía y empezó el juego de quién se desvestía más rápido. Ella con un vestido sobre su ropa interior, lo hizo en un abrir y cerrar de ojos. Colin tardó dos segundos más, pues su habilidad manual sumada al elegante sacudón de sus piernas para deshacerse de sus mocasines sin medias, ya estaban en paridad.

La luz venía del pasillo, y esa media luz favorecía la intimidad.

Como era de suponer, los ojos de Colin recorrieron de una todo lo que tenía delante. En plenitud corpórea, Lucía era más bella y armoniosa que una Venus, en este caso, cálida y palpitante.

Nada comparable a ninguna figura femenina que hubiera estado a su vera. Si la sensación de excepcional era el resultado de su visión interna, no lo diferenciaba.

Su asombro ante tanta feminidad aceleró sus terminaciones nerviosas. El equilibrio estético expuesto en la penumbra, sumado a conocer la esencia de Lucía, le hizo perder el control y su excitación actuó sin un mandato consciente.

Se posó sobre su cuerpo acostada como estaba sobre su espalda, con su rodilla separó sus piernas y la penetró con frenesí y sin contemplaciones, como un animal en celo. No encontró resistencia, no obstante, tuvo noción de que estaba actuando como un invasor vehemente e inescrupuloso, pero no podía dejar de sentir y actuar como tal. No se detuvo, solo pudo mirarla a los ojos para asegurarse de que ella no lo rechazaba, por el contrario, sus movimientos de acompañamiento realizados con la misma pasión era suficiente demostración de que todo era consentido y disfrutado. A partir de ese momento lo que creyó un delirio se transformó en emoción y pudo expresarle todo lo que sentía en ese momento de acoplamiento. Con pocas palabras dichas, el éxtasis llegó para Lucía, él la siguió hasta lograr ese momento exquisito y perfecto que no se compara con nada, solo se siente. Esos espasmos te elevan a un estado hipnótico de pura embriaguez. No se retiró, quedó apoyado en ella como si ese contacto fuera sagrado.

Lucía estaba conmovida. En el inicio, el proceder de Colin la sorprendió, pero su propia voluptuosidad le quitó temor y el ardor de él le sirvió para dejar libre su propia lujuria. Era momento de relax y una palabra certera, podía servir para quitar sus miedos.

—No temas, estoy protegida. —Colin la abrazó con fuerza.

—Estaba seguro, no esperaba otra cosa de una doctora, pero que lo confirmes es tranquilizador —respondió él con tono ronco.

Y poco después cayeron en un profundo sueño, olvidándose del postre.

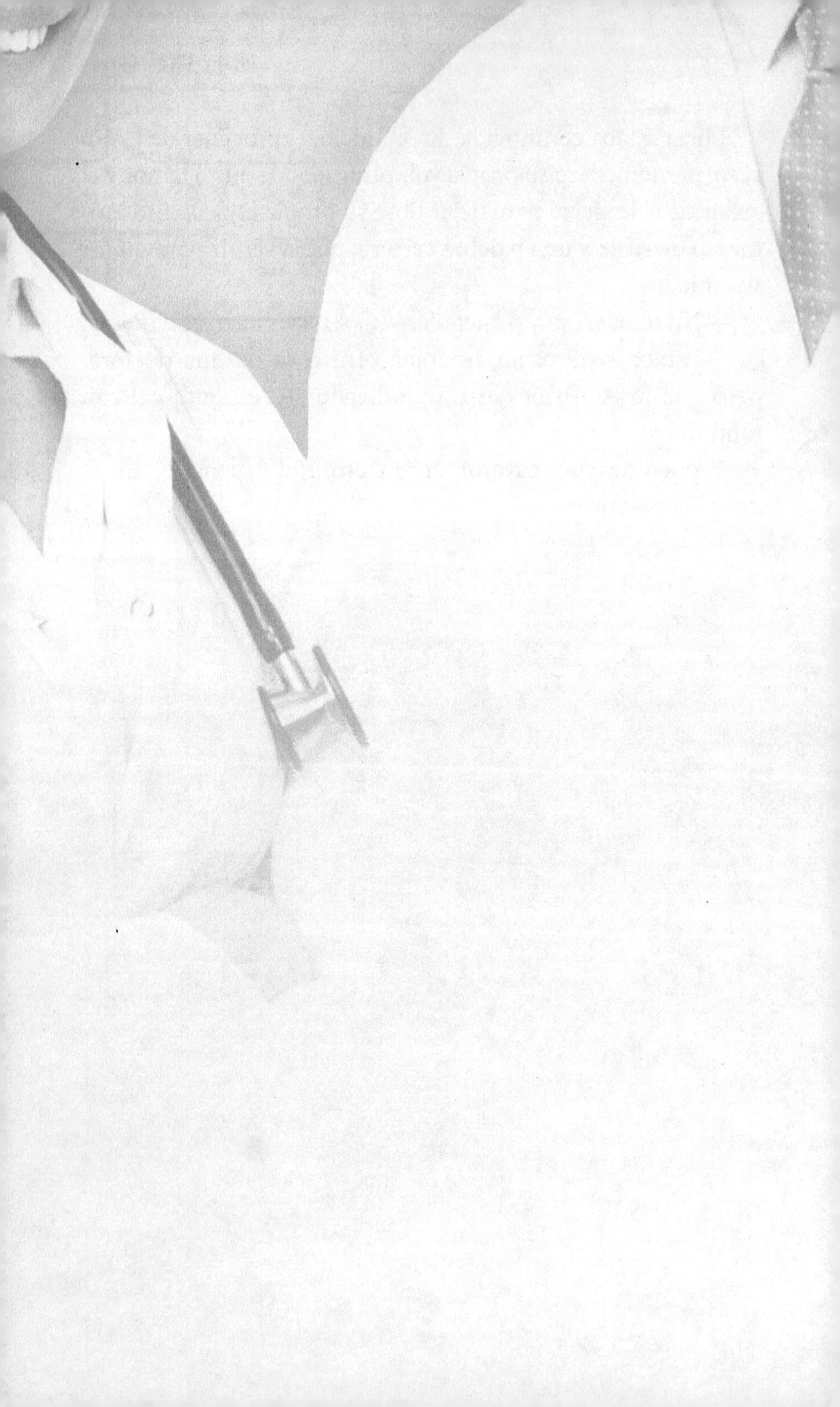

LUCÍA Y LA ILUSIÓN DE UN VIAJE

Lucía no olvidaría la noche pasada. Era nuevo para ella sentir que estaba entrando a una esfera iluminada por el sol. Contención y luz. Él era la esfera que la contenía a ella y la luz la proveía la claridad de su mente para tomar decisiones.

Tuvo hasta ahora una vida, no siempre, satisfactoria, salvo hasta su adolescencia. Luego vino la soledad solapada por el acogimiento de la familia de Laura.

Pero al no ligarla a ellos lazos de sangre, la hacía sentir vulnerable. Nada tenía que reprocharles, por el contrario, fueron su familia y aún los consideraba así.

Ahora ya era una mujer, y si bien ser independiente la llevó por caminos tortuosos. Los estaba superando gracias a que su mochila se enganchó en una puerta vaivén y tuvo la lucidez de saber que Laura, su hermana por elección, no la dejaría desamparada.

Si a todo eso le sumaba la idea de concurrir a un congreso en Londres con Colin, alguien la estaba compensando desde algún lugar por sus padecimientos. Pudo pensar en sus padres como sus ángeles protectores.

En Londres sería primavera, pero el frío tal vez estuviera encaprichado en permanecer por más tiempo. Eso la llevó a pensar en la ropa que debía poner en su valija.

En cuanto a su equipaje científico siempre lo llevaba encima. Estudiaba todo lo que aparecía como nuevo dentro de la anestesiología y cirugía general. Las revistas médicas eran una fuente confiable y conversar con sus pares sobre el tema, un acierto. No tenía por qué pregonar en el congreso si ejercía o no como anestesista, porque sus conocimientos eran valiosos y podría disertar sobre ellos.

Sin embargo, no estaba muy convencida, ni segura, de la decisión que tomó. ¿Era una bipolar? No en el sentido científico de cambios de ánimo intensos, sino porque la duda parecía no dejarla encontrar su lugar. La duda que consideraba una de las mayores incomodidades del hombre, a ella la tenía a los saltos. Aparecía de forma sorpresiva y cíclica. Si dudaba por miedo, la pregunta era: ¿a qué le tenía miedo y por qué?

Varias eran sus respuestas si miraba su infancia. Tal vez le faltó más contacto afectivo con sus padres quienes, como profesionales y por sus ocupaciones, la dejaban bastante sola. No desamparada, pues siempre tuvo quien la cuidara ya que se esmeraron en la selección de nanas. Aquello no fue suficiente, el contacto presencial, como necesidad fundamental, para que un niño se sienta seguro cuando su personalidad se está formando, no empañaba el recuerdo que tenía de ellos, a quienes siempre amó y lo seguía haciendo.

Aunque fuera doloroso pensar en el pasado, obviando el presente, era una gimnasia que sin receta médica podía ser efectiva para curar los males que la incertidumbre le generaba el congreso.

¿Cómo salir de esa "duda" que Lucía pensó era patológica en ella? ¿Cómo ponerle freno y evitar una cadena de vacilaciones interminable? Y luego de recordar sus conversaciones con Laura sobre la conveniencia de ejercer una u otra especialidad, encontró la respuesta que la satisfizo para tomar la decisión precisa: regresar a la cirugía, aunque no fuera su exposición en el congreso.

Tuvo experiencia como cirujana, pues al terminar la carrera de medicina, siguió la especialidad en cirugía general por cuatro años y, como tal, practicó en las guardias médicas. Pero las guardias de cirugía eran agotadoras cuando los colegas desertaban por embarazo, nacimientos, cansancio o enfermedad. No vivía más que dentro de la guardia y la vida se transformaba en un no vivir. No tenía descanso, el estrés era permanente y la colaboración escasa. Entonces pensó en otra especialidad y encontró en la anestesiología una motivación de cómo encarar su vida haciendo lo que también le gustaba. Para ello tuvo que especializarse por unos cuatro o cinco años, haciendo la residencia en un hospital nacional. Ese recuerdo ya lo hubo compartido con el directorio del británico, pero solo sobre sus especializaciones, sin dar motivaciones.

Era cierto que los pacientes y sus familiares no reconocían la importancia del anestesiólogo cuando se sometían a una intervención quirúrgica. El cirujano y el anestesista están en paridad en cuanto a la importancia de sus funciones. Mientras uno opera al aquejado, el otro lo mantiene con vida. Utiliza hipnosis, analgesia y control absoluto de los signos vitales del intervenido, incluyendo la transfusión de sangre si el sangrado que aparece ante el cirujano, por la razón que fuere, lo amerita. Y aunque para todos los pacientes, y no pacientes del mundo, un cirujano es el Supremo Hacedor, ya su propio ego se encarga de hacerlo sentir así.

Pero Lucía no quería esa gloria. Solo deseaba ser buena profesional en el tiempo que durara la intervención, incluso en el antes y el después. Y si su actuación fuera satisfactoria por los resultados, era suficiente premio a su labor. Tenía esa posibilidad de hacer aquello para lo que estaba preparada y le gustaba, aunque por ahora fuera solo ensueño.

Debía pensar en su nueva y deliciosa relación, y esperaba que la calidad de neurocirujano de Colin no interfiriera. Aunque eso no dependía de ella, no tenía dudas de que él ya formaba parte de su vida y nunca evaluó cuán grande era su ego.

Llegó el día y la hora de embarcar rumbo a Heathrow. El lugar de la partida era el aeropuerto de Ezeiza, principal terminal internacional de Argentina.

Iría como representante en su especialidad en anestesia, decisión consensuada en forma unánime por el directorio del hospital.

Su relación amorosa iba creciendo en sincronía emocional y sexual, y hasta ahora no se planteaban darle nombre ni duración al vínculo. Disfrutaban de la intimidad y de la mayor armonía en la relación cotidiana de entendimiento y diálogo. Cada uno vivía en su casa. Si era un ¿idilio?, pintaba como de largo plazo. Nada podía enturbiar su estabilidad, es lo que suponía.

Llegaron a Heathrow y ya tenían en Londres la reserva en un hotel, cerca de Buckingham Palace y en sus salones se llevaría a cabo el congreso.

Las habitaciones que les asignaron eran preciosas, confortables e idénticas, que podían unirse a través de una doble puerta cerrada y con la llave puesta de ambos lados.

Lucía, luego de instalarse en la habitación, tuvo tiempo de tomar en cuenta de que algo había pasado entre ellos que quitó el equilibrio a la comunicación habitual y que ello ocurrió desde que ocuparon sus asientos en el avión. Si le preguntaban qué era en realidad lo que percibía, no lo podría definir con certeza.

Se sintió invadida por un caudal de incomprensiones e interrogantes. ¿Qué les estaba pasando o qué era lo que cruzaba su mente para sentir el pánico que la sofocaba? Trató de serenarse.

Entendió que eran sus miedos, no el producto de su próxima disertación ni intervención en el congreso, pues le sobraban conocimientos y valor para ello. Sus miedos los generaba el comportamiento ausente de Colin, pero no era el momento de desarrollar ninguna teoría esotérica, sino de prepararse para la reunión.

Sobre la cama estaba tendido su vestido a media pierna de encaje de seda dorado pálido, con escote bote, media manga y espada descubierta hasta la cintura terminada en una curva baja. Llevaría su dorado cabello recogido por sus lados con dos peinetas y algunos mechones sueltos dando marco a su rostro.

Si el aire acondicionado resultaba frío, llevaría una chalina de seda liso de color celeste muy pálido. Sandalias de taco fino y poca altura, completarían el atuendo junto a un sobre chato y pequeño del color del chal. Con esto se distrajo y, antes de vestirse, se puso solo rubor en sus mejillas y brillo de labios natural.

Colin también notó desde la partida una inquietud inexplicable. La disertación en el congreso, no le generaba ansiedad. El tema lo dominaba y estaba al día con todas las novedades en ciencia y tecnología. Tras muchas vueltas, reconoció que la causa de su incomodidad era la presencia de Lucía y no entendía el porqué. Voces internas le hicieron dudar si su relación fue una decisión apresurada resultado de sus ansias por tener sexo con ella y le señalaron la forma ruda con que llevó a cabo esa primera vez cuando no era su forma habitual de manejarse con el sexo. Ignoraba cuales eran los pensamientos de Lucía, pero no era el momento de averiguarlo. Primero debían pasar la experiencia del congreso y era hora de vestirse según lo indicaba el reloj.

Esa noche, era la inauguración con un agasajo a los invitados por parte de la Fundación convocante. Creía que ambos tenían la ropa adecuada para el evento. Él se pondría un traje de alpaca gris oscuro y una camisa celeste claro con cuello Mao.

Salieron de la habitación al mismo tiempo, sin haberse puesto de acuerdo.

Cuando Colina la vio, no pudo dejar de admirarla. Estaba bellísima y sintió un escalofrío al pensar que otros hombres verían esa hermosura. Un pensamiento discordante con aquellos que tuvo hacía unos momentos.

Lucía admiró la elegancia sobrada y cautivante de la masculinidad de Colin, como lo hacía siempre y esa impresión era acorde con sus pensamientos anteriores. No tenía dudas sobre sus sentimientos por él y sí las tenía sobre la relación. Aflojó su aprensión cuando la tomó del codo con sentido de posesión y subieron al lugar donde se desarrollaría el evento como si todo fuera normal entre ellos.

Muchos colegas deambulaban por el amplio salón. Unos formaban grupos, otros estaban solos y algunos en parejas. Todos trataban de socializar. Los mozos iban y venían con bandejas plateadas con diferentes bebidas o con bocaditos que seducían con su presentación.

Colin reconoció a algunos colegas y se acercó a un grupo junto a Lucía. Saludaron informalmente y entraron en la conversación con ritmo. Eran una mezcla de razas, y el idioma inglés el dominante y casi único.

Lucía, aun sin conocer a ninguno de los integrantes del círculo formado por hombres y mujeres, se sintió cómoda. De tanto en tango giraba su cabeza para mirar a quienes deambulaban por la espaciosa sala de recepción.

Cuando por micrófono los invitaron a sentarse en los lugares asignados, Colin, como lo hacía habitualmente, colocó nuevamente su palma sobre la parte baja de la espalda de Lucía para acercarse al lugar.

Ella se sentó junto a él y a su derecha se ubicó un apuesto, alto y delgado cirujano. Supo que lo era cuando cada uno del grupo dijo su nombre y su especialidad mientras estaban en la recepción y le quedó grabado. A la izquierda de Colin, se sentó una médica, que le pareció una creída desde el momento en que la vio en ese mismo grupo. Tal vez fuera interesante, pero no bonita. Igual parecía una mujer de cuidado. Y no se equivocó.

Colin mantuvo su cabeza y luego casi su torso girado en dirección a ella, para entablar una conversación que le pareció interminable y demasiado íntima.

Una deducción más que razonable de Lucía.

Aún no servían la entrada, una música suave y romántica sonaba en el salón. Una pista en el centro del salón, invitaba a bailar. Lucía tenía la mirada fija al frente hasta que se giró cuando su compañero de mesa le dijo al oído:

—Como su compañero de la izquierda, con quien la vi llegar, está muy interesado conversando con la doctora Rosa Montes, anestesióloga oriunda de España, la invito a bailar para entretenernos ya que usted no parece animada a conversar.

Eso no lo estaba y, sin llamar la atención de nadie, se levantó luego de que Otto Hesse le corriera la silla y, situándose detrás de ella, fueron a la pista. Él la enlazó por la cintura con su brazo derecho, tomó su mano izquierda con delicadeza y un suave roce para bailar al estilo antiguo. Ella sonrió y dijo:

—En el siglo veintiuno seguimos la costumbre del enlace de la pareja de baile de otros tiempos, pero la música se presta en este caso ya que es casi un vals.

—Espere, Lucía, a que pongan música moderna y podamos bailar sueltos. Imagino que usted moviéndose con ese cuerpo de sirena que tiene va a dejar infartados a unos cuantos.

No era lisonja, tal vez una forma de atenuar lo que él consideró que ella estaba padeciendo.

El lugar circular de madera se estaba poblando de bailarines, que lo hacían igual que ellos, unos más apretados que otros. Ellos mantenían las formas.

Colin no advirtió que la gente bailaba pues estaba inmerso en la conversación con Rosa Montes. Cuando lo hizo y vio a Lucía en brazos de Otto, se levantó de inmediato y fue a los baños. No se disculpó con su interlocutora. Presentarse en la pista y separarla de su colega bailarín, le pareció cosa de niños. Consideró que el tocador era el lugar apropiado para pensar.

Rosa, que se ilusionó con Colin, un buen mozo de aquellos, de exitosa carrera y muy buen pasar, según estuvo averiguando mientras conversaban, se sintió ofendida, molesta y lo disimularía de la mejor forma posible. Desperdiciar un tipo así y soltero, era errar el tiro cuando el centro tenía un diámetro poco común. Ella tenía sus dones. No era bonita, mas su prestancia y seguridad la hacían por demás atractiva. Tuvo mil parejas, pero había puesto el listón muy alto y este Colin lo pasaba fácil.

Colin en el baño, se sentó en una banqueta de la elegante entrada. Estaba loco o a punto de estarlo. Si hacía poco sus planteos habían sido pura vacilación, indecisión y titubeo, ¿por qué ahora cambiaba el enfoque?

La respuesta era simple. Lucía había calado hondo en su alma y en su corazón, quisiera o no reconocerlo. Haberse dedicado a conversar con Rosa Montes, dándole casi la espalda, fue una actitud imperdonable y muy grosera de su parte.

Quizás quiso demostrarle que no la necesitaba y ella seguramente captó el mensaje. Ya era tarde para recular. Tenía dos opciones: reconocer que estaba enamorado de Lucía o no lo estaba, y en ese caso no quería que ninguno de los dos perdiera el tiempo.

Lo desconcertaba su reacción de celos provocada al verla en brazos de otro ¿o solo se dañaba su ego? Con aquello de: «si me abandonas por otro es que no reconoces la importancia que tengo en tu vida sexual e intelectual, y me desvalorizas acercándote al primero que se cruza en el camino, con virtudes parecidas a las mías, es porque eres tú quien no me ama si puedes suplantarme fácilmente».

Y siguió con su muda conversación interior:

Norma Fink

«Sexualmente hemos disfrutado y no solo por el contacto carnal, pues hubo emoción en cada encuentro. ¿A eso lo llaman amor? Si la primera vez que intimamos aún me sigue llenando de culpa por mi bruta forma de tratarte, reconocerlo, y no repetirlo, ha sido suficiente demostración de que es más que sexo lo que nos une. Que para ti ese "atropello" fue placentero, pues respondiste como la mejor amante al entender que mis deseos postergados eclosionaron en un arranque de pasión espontánea. Salté etapas para alcanzar el máximo placer para los dos y supe con quién lo estaba haciendo y cuánta emoción puse en ello. Si a esta descripción mental de repaso, agrego mi falta de comunicación durante el viaje, e ignorarte al iniciar la cena vale preguntarme: ¿qué fue eso y por qué lo hice? Debía encontrar la causa para entender mis obtusas reacciones y no seguir actuando sin saber el porqué de cada estupidez. ¿Y si en el fondo fueran celos por suponerte tan buena en lo que haces con lo cual opacas mi profesionalismo?

Toda esta muda conversación que sostengo conmigo mismo es un delirio, un extravío que solo conduce a un punto de llegada: mi vida gira en torno a ti y debo sanear mi espíritu para poder abrazarte sin prejuicios ni temores, solo demostrándote mi amor y el respeto por nuestra propia individualidad. Cada uno con lo suyo y compartir los resultados. Poder disfrutar de cada logro tuyo y tú de cada logro mío, pues somos un par: mujer/varón; anestesista o instrumentadora/cirujano. Trabajemos juntos o separados, no es lo importante; lo primordial es alentarnos en los triunfos y auxiliarnos en las derrotas».

Terminó el soliloquio, que pudo serenarlo, y fue al salón a buscar su lugar junto a Lucía, pero en la mesa donde ya estaba servido el primer plato, no estaban Lucía ni Otto.

Sus lugares vacíos y los platos sin tocar. Rosa, con voz melosa se dirigió a él:

—Perdona, ¿te encuentras bien? Como demoraste tanto en regresar estuve a punto de ir a buscarte.

—Te agradezco. Estoy bien —respondió en un tono cortante que suavizó cuando preguntó—. ¿Has visto a Lucía y Otto?

—Cuando el baile terminó, se retiraron sin saludar. No sé si se fueron de la reunión o salieron a tomar fresco pues se movieron bastante bailando con la música pop y los vi divertirse con tanta pirueta. Por cierto, son muy buenos bailarines. —Su voz delataba ironía y una solapada envidia.

Esa respuesta le erizó la piel y de forma descortés abandonó el salón rumbo a su habitación. No los buscaría, pero la sospecha lo atenazó.

Rosa Montes se quedó perpleja, pero pensó que no dejaría de insistir con este guapetón maleducado.

LAS DUDAS. LAS PONENCIAS

Al llegar al mostrador del *hall* de entrada, Colin no miró más que el piso y solo se detuvo ante el ascensor para subir a su habitación.

Lucía y Otto estaban en el bar del hotel de la planta baja, bebiendo champagne acompañado con bocaditos salados, para reponer energías, ya que no tocaron el primer plato de la cena y la danza consumió las aportadas por los bocaditos de la recepción.

Se divertían con anécdotas que cada uno contaba y el alcohol hizo lo suyo. Les soltó la lengua a ambos y así Lucía supo que Otto era cirujano cardiovascular, que residía en Berlín y que trabajaba en una clínica cardiológica de renombre internacional. No era el mejor pues podía superarse, pero los demás lo consideraban el número uno en su especialidad. Lucía le contó algo sobre su vida profesional sin entrar en detalles y su satisfacción por haber entrado en el hospital británico de la ciudad de Las Lomas. Otto no pudo evitar preguntarle:

—¿Y cuál es tu relación con Colin Ryan? Pues he visto que entraste con él a la fiesta.

—¡Ah, sí! Es un compañero del hospital y hemos venido juntos al congreso enviados por la clínica. Como mañana debo hacer una ponencia sobre lo que considero aún mi especialidad, te propongo irnos a dormir para enfrentar lo que viene, que para mí es desconocido.

—De acuerdo. Nos vemos mañana y tranquila que todo saldrá bien. Con lo poco que has bebido será suficiente para que duermas serena.

Luego de pedir la cuenta y pagar acompañó a Lucía al ascensor y le dio un beso en la palma de su mano.

Lucía, ya en el pasillo de sus habitaciones, creyó oír algún ruido en el cuarto de Colin. No se detuvo y entró rápidamente al suyo con sigilo. Se quitó la ropa que puso sobre un perchero de madera, se lavó la cara y los dientes, y se acostó sin pensar en nada más que en dormir.

En su habitación, Colin durmió poco y mal.

No le sería fácil enfrentar a Lucía. Ser cobarde se paga y él lo fue. Se cerró sobre sí mismo para no confrontar con ella. Quiso ignorarla no solo en la reunión, sino también en el aeropuerto y, tal vez, antes. No tenía importancia seguir con el desarrollo de su proceder. Lo importante no solo fue la actitud sino también sus desvaríos.

Tenía el poder del despiste para dejar flotando en el aire todo aquello que lo perturbara. Tal vez era egoísmo lo suyo. Debía enfocarse en la presentación de su ponencia en el congreso y tenía que concentrarse en ello.

Lucía durmió bien y tuvo bonitos sueños de caminos y rutas todas transitables y sin interrupciones. Manejaba ella un automóvil nuevo y cómodo para conducir. Estaba sola y disfrutaba de la naturaleza que se asomaba a los costados de la carretera o las sendas que tomara. Pensó que era un sueño acorde a su sentir de libertad y conformidad con su yo.

Estar serena no la sorprendió. Encontró un personaje como Otto con el que podía entablar una amistad. El alejamiento de Ryan ella no lo buscó, él decidió apartarse. Ahora debía imitarlo y dedicarse a lo suyo, y eso hizo.

Su trabajo lo presentaría por la tarde, casi al final de la reunión. Tendría público solo si no se hubieran retirado por cansancio. La audiencia era importante, pero todo estaba bien para ella a como se dieran los acontecimientos. Al mediodía habría una interrupción con un almuerzo informal. Le daba lo mismo. No tomaría una gota de alcohol.

Estaba segura de estar ligada aún a Colin por vasos comunicantes. Con él llegó hasta aquí y con él se iría al mismo lugar de su partida, pero la situación era otra. Un desprecio como el que sufrió no se olvida sin más. Y no tenía intención de hablar de ello mientras estuvieran en Londres.

Su estadía la tomaría como lo que era, una reunión de colegas donde cada uno podía fortalecer sus conocimientos médicos y eso ya era de agradecer. Todo le interesaba. Tendría el valor de escuchar a Colin, pues no era obtusa ni vengativa. Solo defendía su integridad emocional, que nada tenía que ver con conocimientos y respeto científico.

Pidió el desayuno en su habitación y luego de un baño reparador que pudo disfrutar a pleno, miró la hora y era tiempo de vestirse. Estaban convocados para las diez.

Eligió lo único que trajo para esta oportunidad. Un vestido de color celeste, liviano de falda trapecio a media pierna, conjuntado con un blazer de un celeste más fuerte que el vestido y zapatos planos de amarillo mate.

Cuando Lucía llegó al lugar de la reunión encontró varios grupos que esperaban conversando y se acercó a uno de ellos al ver la cabeza de Otto sobresalir del resto. También estaban Rosa y otros médicos a los que ya le habían presentado y si no fuera así, tenía suficiente soltura para comunicarse con cualquiera. Se sentía en su salsa, ningún tema le era ajeno. Otto cambió de lugar para estar junto a ella y se agachó para susurrar:

—¿Tienes todo bajo control? —preguntó, con una mirada sensual que abarcaba desde la cabeza a los pies de Lucía, que no se dio por enterada o lo disimuló muy bien.

—Sí, eso creo y espero. Lo único que me preocupa es estar casi al final de la jornada para presentar mi trabajo.

—Déjame ver si puedo resolverlo. —Se alejó en busca de no sabía quién y regresó en pocos minutos.

—No estarás al final. Cambiaron el orden y te pasaron para las tres de la tarde, serás la primera luego del refrigerio. —Otto esbozó una sonrisa de triunfo que ella devolvió en el acto.

—No sé si me alegra, pero trataré de comer y beber lo mínimo indispensable para estar lúcida.

—Me haces reír. Tienes actitudes propias de una niña. No sabes qué muñeca elegir.

—Tienes razón y agradezco tu molestia. Cuanto antes pase el autoexamen, mejor. Digo auto, pues soy mi más implacable enjuiciadora.

Los hicieron pasar y se sentó junto a Otto en las primeras filas. Lugares que les fueron reservados ese día para los exponentes, aunque Otto no disertara en esa jornada.

Colin estaba sentado en una fila anterior a la de ellos y desde que la vio llegar y acercarse al grupo de Otto, no la perdió de vista. Le pareció que su actitud de no buscarlo ni con la mirada, demostraba estar sumamente enojada. Es lo que quería suponer, pues pensar de otra manera, era demasiado penoso para soportar dignamente.

Era el primero en la lista de participantes. Cuando se trataba de su especialidad, la calma era la dueña de su cerebro y de su cuerpo. Se levantó, subió al estrado, probó el micrófono y comenzó diciendo quién era.

Luego de dar alguna explicación certera sobre la evolución de la neurocirugía, expuso un caso de extracción de un tumor cerebral de una persona de mediana edad, realizada por él en el hospital británico. Presentó filmaciones mientras comentaba, y explicaba, la innovadora técnica utilizada con la ayuda de una aparatología de última generación.

La exposición, y presentación, fue excelente y recibió el aplauso unánime de los presentes. Luego de agradecer y mirar a Lucía en busca de su aprobación, que no fue correspondida, regresó a su asiento.

Otto comentó a Lucía que su amigo estuvo brillante, que demostró dominar el campo operatorio y al paciente. Lo único que objetaba era no haber hecho mención del anestesista, pieza fundamental en toda cirugía. Ella estuvo de acuerdo con su acertada observación, pero se guardó para sí lo que creyó un motivo inconsciente de Colin. No quiso delatarlo.

Siguieron entretenidos con las siguientes exposiciones que matizaban cirugía y anestesia. El campo de la anestesia era muy amplio, pues también cubría tratamientos específicos para el dolor.

Llegó el momento del descanso y fueron al salón preparado para el refrigerio. Habló con todos y evitó a Colin mientras pudo, pues en un momento él se acercó y le dijo:

—Lucía, creo que el castigo que me impones es desproporcionado con lo que consideres mi falta. No he querido hacerte daño o tal vez sí, en forma solapada hasta para mí. Pero he razonado y sacado conclusiones precisas. —Mientras hablaba se pasaba la palma sobre su cabeza, muestra cabal de su nerviosismo.

—Primero: te felicito por tu exposición, has estado brillante. Segundo: ahora me toca subir al estrado y no es momento de tratar situaciones personales. No estoy enojada, estoy liberada y eso me hace sentir muy bien. Hablaremos cuando se dé la ocasión, que por supuesto no buscaré.

Dicho esto, se alejó en busca de Otto que la esperaba con un plato servido. Todo liviano y equilibrado. Algo salado y algo dulce, en pequeñas porciones.

Y llegó el momento de subir. Su ritmo cardíaco era normal y su cerebro concentrado en su trabajo.

—Hola, colegas. Encontrarme frente a ustedes es gracias a la intervención del hospital británico donde trabajo como anestesióloga —comenzó. No era necesario explicar nada más. No mentía ya que en cualquier momento podría serlo sin necesidad de pedir permiso más que a sí misma—, donde pude ingresar gracias a la colaboración del doctor Colin Ryan, a quien espero no defraudar. Aquí en el congreso encontré personas maravillosas que se han sumado a mi mundo profesional y agradezco a todos ustedes por ello. El tema es: ¿cómo hace un anestesiólogo para mantener con vida al paciente sin dolor y, de ser necesario, sin conciencia? Si sabes escuchar al enfermo como si se tratara de una partitura que conoces hasta en su menor acorde, por haber puesto tu alma en seguir la música hasta el final, tienes la mayor parte del trabajo resuelto. Todo es sincronía y atención, no solo a quien está sometido a nuestra pericia, sino también a la del cirujano. De su destreza y de nuestra idea del control del funcionamiento de los signos vitales, la operación será un éxito. He investigado nuevas drogas, cada vez más inocuas, y una tecnología menos invasiva para utilizar, según el caso. Como ejemplos pasaré un filme de una anestesia realizada en una operación cardiovascular a corazón abierto, explicando cuales fueron mis controles en cada momento de la intervención. Es la mejor manera de explicitar la técnica y el porqué de las decisiones que tomo, siempre en consonancia con el cirujano. El uno sin el otro, no podrían salvar la vida de nadie.

Luego de la proyección y sus explicaciones simultáneas, terminó la exposición con:

—Espero haberles mostrado algo novedoso, aunque no hubiera expuesto nada nuevo. A veces lo elemental, por básico, no lo tenemos en cuenta. Gracias.

Mientras bajaba los escalones tuvo que detenerse. Los aplausos le parecieron una ovación. No estaba equivocada.

Regresó a su asiento y no pudo saltarse la mirada de Colin que, desde su lugar, le prodigó un gesto de elevar y cruzar sus manos que ella tomó como su agradecimiento por las palabras alusivas a él o, tal vez, por su disertación. Ella solo sonrió.

Los tres días del congreso pasaron volando y fueron muy ilustrativos sobre ciencia y personajes.

Otto resultó un compañero ideal y su presentación fue sin duda la mejor. Sentía orgullo por tener a quien ya consideraba un amigo, como su ladero. Además de ser quien era, su físico y su personalidad eran cautivadoras. Alto, bien plantado, musculoso sin exagerar, rubio de pelo lacio y rebelde, y ojos celeste agua. Una descripción de sus cualidades.

Durante el transcurso del congreso, Lucía tuvo oportunidad de hablar con Rosa Montes en un entreacto y este fue el diálogo:

—Gracias, Lucía, por dos razones. Una porque tus conocimientos me ayudarán a ser mejor profesional de la anestesia. Me has dejado una enseñanza invalorable con tu exposición. Sabes y además lo transmites de manera clara, para quienes estamos en el tema. Y la otra es haber dejado libre el camino para poder forjar con Colin Ryan una relación más íntima que la amistad. Me ha invitado a visitar Las Lomas y dentro de poco estaré allí, pues me parece una persona encantadora y atractiva. Me gustaría tener con él una relación de intimidad que espero se dé, aun antes de mi viaje, aunque mañana ya debemos despedirnos por finalizar el congreso.

—Agradezco tus palabras, Rosa, y espero se cumplan tus ilusiones. Digo ilusiones pues debo advertirte que, con un cirujano como él, es difícil tener exclusividad. Es demasiado lindo, además de ser el mejor en su especialidad. No es para que lo tomes al pie de la letra, pero trato de evitarte una caída. Los neurocirujanos son más dioses que humanos y él no escapa a esa regla. Cuando vayas tendré la oportunidad de verte y volveremos a conversar.

Se despidieron y cada una quedó con un sabor amargo y un dejo de tristeza.

Lucía no pudo, o no quiso, explicarse por qué dijo lo que dijo. ¿Estaba celosa? No lo creía. Tenía clara su postura y sus fundamentos.

Consideraba, también, que Otto la atraía. Tal vez no sexualmente como Colin lo hizo, sino como un faro firme que no se deja abatir por el oleaje en una noche de tormenta. Un apoyo inamovible, necesario en sus momentos de irreflexión. Por ahora eso era lo que podía definir sobre su sentir por él.

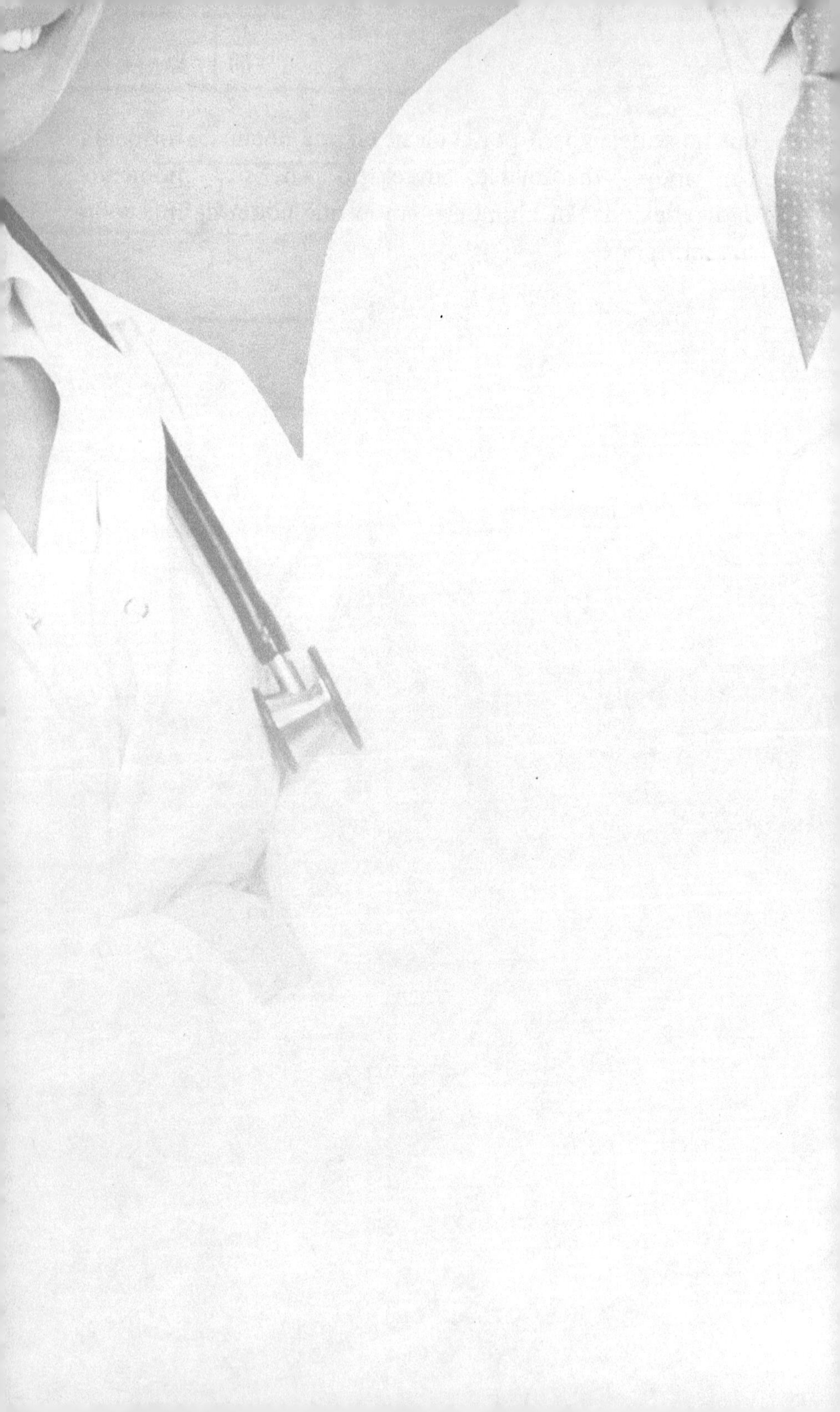

XII

OTTO Y LUCÍA

Todo lo que empezó como camaradería y afinidad recíproca se transformó en una adicción para Otto. En todas las jornadas que duró el congreso no pudo dejar de estar junto a Lucía.

Mantenerse a su lado era atractivo como un imán. Tenía una simpatía natural, además de ser una bella mujer, más de lo deseable como para evitar tentarse con su figura curvilínea y su encantador perfume. Tenía empuje y era una seductora nata, inconsciente de su poder de conquistar al sexo opuesto con su sola presencia. Si se agregaba su capacidad como profesional y fina educación, no tenía contras para no quererla. Quererla sí, pero en calidad de qué. No era cuestión de pensar. Esas situaciones se dan sin razonamientos previos. "Querer" tiene muchas acepciones como: ambicionar, desear, estimar, necesitar, amar. ¿Cuál de ellas encajaba en sus pensamientos? Era pronto para planteárselo, pero no demasiado. La forzada separación que producía la finalización del congreso dejaba abierta una puerta. Esa noche era la última oportunidad de verla. Él regresaría a Alemania y ella a Argentina. En sus planes estaba visitar el país en breve tiempo, mas no se lo dijo a nadie.

Lucía rumeaba ¿cómo sería la despedida de Otto? Gracias a él pudo superar su desconexión con Colin.

No es que se hubiera propuesto usarlo, eso no lo haría nunca; simplemente tuvo la posibilidad de entablar una relación, de amistad, que la hizo sentir bien y acompañada. Además de ser un hombre apuesto y atractivo, su rostro tenía un matiz de severidad que lo hacía parecer una persona inalcanzable y resultó ser tierno, sensible, delicado, moderno y de una inteligencia privilegiada. Juntar tantos dones en una persona del sexo opuesto, no era lo habitual. Si lo comparaba con Colin, no sabría con cuál quedarse. Aunque en el fondo sí lo sabía. Su relación íntima con Ryan fue y tal vez sería única.

Pero no todo era blanco o negro, a veces los grises tenían un encanto superior ya que su tonalidad resultaba menos dura que el negro. También dependía de cómo estaba formado el color negro porque de su composición deriva su mayor o menor dureza.

Se estaba yendo por las ramas de un árbol que ni siquiera estaba plantado. Lo sensato era esperar.

Los tres ya estaban en el aeropuerto. Colin y Lucía embarcaban rumbo a Buenos Aires y Otto lo haría una hora después, hacia Berlín.

Lucía y Otto llegaron en el mismo *remise* y Colin arribó solo. Se encontraron en el *hall* central y como la partida de la aerolínea estaba próxima, la despedida fue muy veloz. Otto se agachó y besó a Lucía en la mejilla muy junto a sus labios, ella pasó su palma por su rostro y dijo acercando sus labios a su oído:

—Hasta pronto, amigo.

Colin y Otto se dieron un apretón de manos, sin palabras. Esa fue la despedida.

Lucía llevaba consigo su carrión y Colin el suyo. Pasaron por el mostrador y ya en la manga se apuraron en subir al avión y tomar sus asientos en primera clase, uno junto al otro. Sus carros fueron acomodados por personal del avión. No hablaron. Estaban atentos a los pasajeros que se iban acomodando en sus lugares y a las azafatas que ya les controlaban el ajuste de los cinturones.

Elevaron vuelo y cuando el avión se estabilizó en la altura, les sirvieron una bebida, unos bocaditos y ya apuntaban qué cenarían. Terminada la faena, por fin pudieron aflojar sus cuerpos y recostarse mirando al techo.

Uno pensaba en el otro, de manera diferente.

Lucía creía que su actitud era exagerada. Al aterrizar, sus mundos se encontrarían en el británico y no se sentiría cómoda con su postura de seguir ignorándolo. Aunque la relación cambiara de contenido, pues no habría intimidad carnal, podrían ser amigos. Reconoció lo mucho que hizo por ella y eso era suficiente para considerarlo así.

Colin se cansó de su mutismo y esperaba que cambiara de actitud, pero él no daría el primer paso, ya lo había dado antes. Debía olvidarse de Lucía como pareja, solo la tomaría como una eficiente colega.

Algo superior a ellos, les impidió conectarse durante el viaje.

Cuando el avión tocó pista y carreteó hasta la manga, soltaron sus cinturones. Colin se apresuró a bajar el equipaje de ambos antes de descender del avión. Él la dejó bajar primero e hizo un gesto de que se ocuparía de llevar las pequeñas maletas. Ella agradeció con una sonrisa.

Al salir, luego de los trámites de rigor, encontraron que su amigo, Horacio Donovan, los esperaba, y se acercó presuroso a saludarlos con un abrazo. Les dijo que como tenía un vehículo de la clínica lo dejaron estacionar en la puerta y como no quería abusar de la gentileza del personal, sugirió caminar y dejar las palabras para cuando estuvieran en viaje.

El vehículo era más parecido a una ambulancia que a una camioneta, y su conductor al que saludaron con afectuosas palabras, estaba con el motor en marcha. Atrás se acomodaron Lucía y Donovan frente a Colin.

—Estos días que pasasteis fuera, me resultaron muy largos —dijo el clínico con un movimiento de cabeza afirmativo y juntando sus labios como una expresión de añoranza, continuó—: Pero ahora contento con tenerlos nuevamente, espero las novedades.

Colin fue el primero en hablar:

—El intercambio de ideas y procedimientos fueron interesantes, estamos a la altura de la mejor práctica internacional en cirugía y anestesia. En un país tan al sur del planeta deberíamos estar muy satisfechos con el hospital británico, que espero sea uno de muchos. Lucía y yo, hemos dado lo mejor de nosotros en la exposición y muestra de nuestras técnicas. Dejamos amigos que, seguramente, vendrán a conocer el lugar y a su gente.

—Me alegra mucho lo que dices. No solo por ustedes, sino también porque significa que el equipo que formamos durante estos años y la selección de profesionales nuevos, entre los que se encuentra Lucía, ha sido acertada. Ahora se agregó al grupo la doctora Andrea Oviedo, cirujana general que hará su práctica en nuestro hospital. Ingresó a pedido de uno de los directores por haberse recibido con alto promedio y un gran esfuerzo. Quiere especializarse en neurocirugía. Además de ser una preciosa mujer, su simpatía la embellece más.

Cuando terminó de hablar, Lucía sintió una profunda desconfianza por la médica. Estaba acostumbrada a resolver sinrazones de otros y haría lo mismo para que sus prejuicios se mantuvieran al margen. Colin, en cambio, sintió un regocijo interior que le cambió el humor.

A Lucía la dejaron en la puerta de su edificio y saludó sonriente:

—Buenos días, nos vemos mañana. Gracias por traerme.

Ni bien entró, luego de ver si estaba todo en orden, se dio una ducha relajante y desempacó las pocas cosas que había llevado. Desayunó galletitas con mermelada y un café expreso.

Se recostó en el sillón de su sala cubierta solo con la toalla. Apoyó la cabeza en el brazo del sillón sobre el que puso una almohada a prueba de agua, pues su cabello aún estaba húmedo y más que eso.

Estaba empezando a entrar en un reparador sueño, cuando el inalámbrico sonó y no tuvo más opción que contestar.

—Sí, ¿quién es?

—Perdona si estabas entregada al sueño.

Sonó la voz inconfundible de Otto.

—¿Otto? Si eres tú, debe ser algo importante. Dime que llegaste bien.

—Por supuesto que sí. Estoy despejado pues luego del almuerzo descansé y ahora son casi las cuatro de la tarde. Tú debes estar recién acomodada en tu casa y yo desacomodando tu descanso. Mi vuelo era de menos de dos horas, así que mientras tú estabas a más de diez mil metros de altura, yo estaba en tierra firme. Pero no es de horarios ni distancias por lo que te llamo. Seré sincero y te lo diré lo más rápido posible.

Te extraño. No entiendo muy bien lo que añoro por el poco tiempo que pasamos juntos, pero puedo sintetizarlo: tu presencia. Eres una persona cálida, admirable y más que bella. Y con eso es suficiente para expresar por qué me gustaría que estuviésemos juntos. Y tú, ¿que sientes?

—En el estado onírico en el que me encuentro, no me es posible razonar, pero puedo decir que has sido un compañero insuperable. Sin ti las cosas no hubieran sido tan buenas para mí. Seré sincera, pues mis neuronas ya están activadas. Tuve una relación íntima con Colin que se cortó de repente. Tomé conciencia de ello al llegar al hotel de Londres. Todo venía bien y no fue mi culpa, o eso creo, la que provocó alguna situación enervante que hizo que él tirara por la borda todo lo bonita que fue la relación.

»Hablo en pasado pues es pasado. No hay nada entre nosotros, pues en el viaje de regreso no hemos intercambiado ni una palabra. Él trató en Londres de darme alguna explicación que no entendí, o no quise entender. No me creo una persona irracional, salvo cuando afectan mis sentimientos, es entonces cuando me resulta difícil volver a ser la misma. La única defensa que conozco para que no me hieran es huir o encerrarme en un caparazón. No sé por qué te he contado tanto de mi intimidad, tal vez sea la forma de querer ampararme en tu comprensión y tu consejo.

Con esto Lucía desviaba el tema que Otto deseaba imponer.

—No creo estar en condiciones de hacerlo. Uno de los motivos es que me gustas demasiado. Arrojarte a los brazos de otro, en este momento, no lo podría hacer por una cuestión de puros celos. Perdona mi sinceridad, pero no soy de andar con vueltas cuando me doy cuenta de la verdadera razón de mi melancolía por no tenerte cerca. Con esto está más que claro el porqué de mi llamado impaciente.

No mencionó la palabra exacta y eso hizo que Lucía pudiera tratar de acomodar algo de su confusión.

—Deberíamos estar abocados a hablar sobre nuestros respectivos trabajos y estamos aquí unidos por algún satélite, conversando sobre sentimientos. —Se detuvo para acomodarse mejor en el sillón y serenarse—. Creo que nuestra relación de amistad se mantiene intacta por lo que siempre seguiremos conectados. Dejemos que las cosas del corazón se acomoden con el tiempo. No es una negación ni una afirmación, en realidad es un dilema y su complejidad se irá aclarando con el devenir de las circunstancias.

—No dejes de respirar ni de hablar —dijo Otto impaciente, porque cada expresión de Lucía le interesaba—. Cada una de tus palabras puede ser una ilusión o una desesperanza.

—Acepta que muchas cosas nos unen y muchas nos separan. Lo que nos une ya lo expresé, lo que nos separa es la distancia y aliviar mi alma, pues no puedo negar que ha sido afectada. No desmoronarnos es una forma de alcanzar el equilibrio que ambos necesitamos y lo podremos hacer con lo que tenemos a nuestro alcance y usaremos.

—No puedo objetar ni refutar tus dichos. Ser tan lúcida e intuitiva es uno de los encantos con que puedes conquistar a quien te propongas. Y yo he caído en tus redes. No es peyorativa mi apreciación y tampoco quiero caer en la lisonja. Me quedo con lo mejor que puedo rescatar: nuestro intercambio permanente a través de los hilos del espacio cósmico o lo que es lo mismo. simplificando, el teléfono. Por ahoraaa…

—Esos puntos suspensivos que escucho al estirar la última letra “a”, me dan que pensar. Pero nuestras palabras han sido un bálsamo para estar serenos y confiados, y que tengamos buenas tardes o buenos días o lo que fuere, pero siempre buenos.

—Mi amorosa Lucía, un beso que no tardará en llegar para posarse en tu frente.

—Y dices que la intuitiva y lúcida soy yo. Tú me superas.

Cortaron.

Lucía se sintió mejor para poder dormir plácidamente.

XIII

EL HOSPITAL BRITÁNICO

Colin llegó temprano. Tenía una operación programada para las once de la mañana.

Su mente se concentró en eso que le esperaba. Una joven con un tumor cerebral de dudoso pronóstico y su calidad se vería luego de la biopsia. Debía realizar un trépano en el cráneo por la ubicación del quiste y lo haría con anestesia general por la edad de la paciente. El médico anestesista ya había conversado con él.

La nueva doctora, a la que conoció en la cafetería, le resultó agradable. No era la belleza que describió Donovan. Reconoció que nunca sería justo con ninguna mujer, pues con la imagen de Lucía medía a todas las mujeres, y ninguna llegaba a su altura. Aunque quería ignorarla no lo podía hacer porque su perfil estaba grabado a fuego en su cuerpo y en su mente. Y perfil lo era todo: figura y belleza interior además de otras virtudes.

La realidad lo hizo mirar la hora y se dirigió al quirófano.

Lucía estaba en el mirador fascinada al ver la figura de Colin. Despedía seguridad y aplomo; sus grandes manos, de finos dedos que ella tan bien conocía, llamaban la atención.

Todos estaban en sus puestos cuando, preparado luego de cumplir con el protocolo de vestimenta y esterilización en el área no contaminada, entró al quirófano con los brazos en ángulo. Ya estaba listo para empezar y ella no quería perder ningún detalle.

Previo el control de la ubicación del tumor, que coincidía con todos los estudios previos, Colin intercambió miradas con el anestesiólogo como para asegurarse de que lo convenido estaba en proceso.

La anestesia sería general para la trepanación, y luego la debía llevar a un despertar que le permitieran verificar con la colaboración del paciente, que ninguno de los puntos del cerebro que dirigen los movimientos estuvieran en peligro y, para ello, sería inducido a responder según las indicaciones impartidas por una médica de control.

Abrir un cráneo es abrir la puerta del tesoro y hay que cuidar de él hasta cerrarlo. No tocar más que lo necesario y controlar que todo quede en su lugar. Ese tesoro es el que permite que la vida pueda ser llamada como tal para su dueño.

Y puso manos a la obra. Luego de que una asistente afeitara el cabello y desinfectara la zona indicada por Colin, empezaba la odisea. Perforó el hueso en tres partes, cortó el trozo suficiente para introducirse en ese mundo flácido y luego despejó las capas que lo recubren. Allí estaba a la vista un tumor enquistado entre pliegues y de un tamaño considerable. Con sumo cuidado, y pulso firme, tomó al intruso con una pinza y, casi sin cortar más que algún fino velo de adherencia, lo sacó limpiamente. No hizo falta ni despertar a la paciente. Fuera lo que fuese, había que quitarlo y así lo hizo. Miró a Lucía que presenciaba desde arriba la operación como instrumentadora a futuro y vio alivio en sus ojos. Lo demás fue de rutina. Analizaría la pieza un patólogo. Luego de terminar y verificar que todo estaba en su lugar, salió de la sala y fue al encuentro de los padres de la joven que lo miraron con desesperación y él, con una sonrisa, los tranquilizó. Les informó que todo resultó perfecto y que luego del informe histopatológico que estaría en breve tiempo, estaría en condiciones de volver a su casa después de uno o dos días de control. Para él, era un tumor benigno, pero no quiso adelantar su opinión ante los padres que se abalanzaron sobre él para abrazarlo y agradecerle. Nunca le gustó ese contacto personal, un saludo verbal era suficiente, pero las necesidades del otro para expresarse no eran un resorte que él pudiera manejar sin caer en la grosería.

Se dirigió a través de los pasillos vidriados a la cafetería del final de la planta a tomar un café que buena falta le hacía. Ser neurocirujano era una profesión estresante, pero él la eligió pues confiaba en su instinto y en su destreza manual para salvar vidas y ayudar a mejorarlas. Todo había sido fácil y sin contratiempos, así que podría sentirse feliz como profesional, pero no como hombre. Tener a Lucía cerca de él y, sin embargo, tan distante, no lo conformaba. Esperaría para hablar con ella en la primera oportunidad que podría ser ahora, si el perfume del café la atrajera al lugar.

No se equivocó, la tenía frente a él sentada con el café en la mano y dos medialunas que puso sobre la mesa. Una era para él y se lo indicó con un gesto.

Lucía decidió dejar atrás su tirria. Lo pensó en frío y su actitud rencorosa no concordaba con el afecto e instinto que la llevaban de manera irreversible a Colin. Podía expresarlo:

—La medialuna es el festejo por la cirugía. Todo salió perfecto y de forma segura quitaste el tumor, que espero sea benigno.

—Me alegra que lo hayas presenciado. He podido hacer la operación más limpia y sencilla de mi vida. Espero que los resultados sean favorables. Me sigue interesando la joven paciente.

—No lo dudo, aunque a veces pareces un ser egoísta. Tal vez lo seas como hombre, no como cirujano. Perdona mi franqueza, pero lo he sufrido en carne propia. Tu actitud de distanciamiento ha sido incomprensible, aun cuando hayas querido recomponer la situación en el refrigerio. Te dije que no era el momento pues no tenía fijada mi posición al respecto y te hice saber, sin más, que me tocaba exponer a continuación. Fue una excusa para no darte una respuesta aproximada. —Hizo una pausa para pensar bien cuáles serían sus siguientes palabras—. En el congreso comprobé que hay cirujanos exitosos que no se creen dioses. Dejan que otros lo piensen, pero ellos se sienten como el resto de los mortales. Tal vez tú estés en una etapa de crecimiento y por eso tus dudas e inseguridades, y no me refiero a que las tengas a la hora de operar, allí eres tú en estado puro. —Colin sintió el aguijón que le clavó Lucía, pero no quiso interrumpirla y ella siguió:

»Tú sabes todo de mí y yo de ti ni siquiera sé dónde vives, cuál es tu familia o de quién estás enamorado, si tu ego te permite contestar. La doctora Rosa Montes, antes de partir, me hizo saber que le gustas, insinuó que intimarían durante el congreso y que tratará de venir a verte. No pude decirle que fuera seguro que te encontraras disponible —mintió.

—Y tienes razón, no estoy disponible. Con la única mujer con la que quiero tener una relación de pareja está ahora frente a mí y no tengo dudas. Tal vez que me consideres tu protector me hace sentir más responsable de lo que pretendes de mí y es lo que me hace equivocar.

—En eso tendrías razón, pero debe tranquilizarte saber que yo no pretendo nada. No depender de nadie me hace sentir plena. Si formo una pareja es para seguir siendo yo, no para hacer una simbiosis con el otro. Así que lo básico es entendimiento mental, emocional y sexual. Así puedo concebir una relación. Y eso es lo que me brindó Otto Hesse: cercanía mental y emocional. Le faltó el sexo. Esa cercanía se tiene por atracción no por decisión. Y yo no la tuve.

Colin sintió que su corazón estallaría de emoción. Esa duda que le carcomía por dentro y no la dejaba salir a la luz por considerarla insoportable, se diluyó con las palabras de Lucía. No le había sido infiel y él tampoco lo fue. Estaban a fojas cero o en la que quedaron antes de viajar cuando todo era incuestionable.

Se retiraron del bar al mismo tiempo y sin quedar en nada.

Ya cada uno en su casa y superada la inquietud de Colin sobre la imaginada infidelidad de Lucía, estaba seguro de poder recomponer su relación.

Ella alegó desconocer todo sobre su vida privada y esa información podía ser motivo de una cita. No estaba seguro de confesar toda su verdad de una sola vez, pero por algo podría empezar. Sería algo así como ir dejando incógnitas para que ella se interesase por saber cada vez más. No dio más vueltas al asunto y la llamó:

—Hola…

—Soy Colin. Te invito a cenar, esta vez a una parrilla típicamente argentina, famosa por sus asados a la parrilla a leña. Es carne, no pescado, y en un local cerrado. No temas por tu ropa ni tu cabello, no quedarán impregnados del aroma que le es propio, pues el tiraje de su chimenea es espectacular y el aire del salón es acondicionado. Querías conocer algo de mí y pienso que es un lugar donde la distancia entre las mesas es el apropiado para toda conversación íntima. —Todo fue de corrido y para no pensar, como siempre, que podría ser rechazado.

—Estoy de acuerdo y te agradeceré me pases a buscar. Dime la hora y estaré esperando en la entrada del edificio. —Lucía levantó los brazos en señal de triunfo. Había logrado la posibilidad de recomponer lo que creyó roto sin remedio.

—A las ocho estaré frente a la puerta. Nos vemos.

En cuanto estuvo frente al edificio y vio a Lucía bajar del ascensor, con movimientos rápidos él entró al edificio la tomó del brazo y sin saludar le dijo tener necesidad de subir con ella, sin más explicaciones. Con mirada de asombro le hizo caso y subieron. Ella abrió la puerta y aún de espaldas, ni bien lo hizo él la tomó de la cintura y la giró sobre sí misma para apretarse a ella de frente y hacerle sentir su virilidad extrema. La sintió sorprendida, pero no disgustada, y se pegó a él sin más. Con esta aceptación, Colin dijo a su oído:

—Perdóname, pero mis deseos por ti no me permiten razonar con educación. Tampoco quiero ser educado, quiero ser tu complemento masculino ahora, más tarde, mañana y mientras los dos estemos de acuerdo. —Su boca succionó la de ella y fue correspondido.

No hubo tiempo más que para llevarla contra la pared de la sala, bajarse los pantalones y, ella, en tanto, colaboraba con deshacerse de su tanga. No fue lo suficientemente rápida porque él, de un tirón y sin lastimarla, la arrancó, levantó una de sus piernas para enroscarla a sus caderas y ella lo hizo por voluntad con la otra, y así la penetró. Todos fueron gimoteos de placer y movimientos lujuriosos. La pasión desatada era incontrolable y gozosa. Se besaban hechizados, exaltados y solo emitían gemidos de distinta intensidad, sin necesidad de ser traducidos en palabras. Así llegaron a la culminación del acto más erótico que pudo tenerlos como amantes. Su posición no cambió, pero fueron arrastrando sus cuerpos hasta posarse en el piso y, con lentos movimientos, él se fue retirando con parsimonia. Luego vino el sosiego para ambos, quedaron tendidos, laxos en mente y cuerpo, satisfechos de su entrega total.

—Celebro haberte dejado entrar, aunque estaba confusa cuando pediste subir. ¿Y ahora cómo sigue la cita? —preguntó Lucía, cuando consiguió recuperar el habla.

—Como estaba planeada. Iremos a cenar.

—¿Nos conservarán el turno?

—De eso ya me ocupé. Tienes un amante que es una antorcha. Tú sigue su luz, nunca se apaga.

Se rieron dichosos por lo que se presentaba ante ellos… y Lucía pensó que a Otto le asignó, hacía muy poco, la calidad de faro.

Colin esperó a que estuvieran en los postres y antes de pedir el café dijo con voz de amante cariñoso.

—Te diré parte de mi historia. Nací en Belfast. Mis padres son dueños de una empresa textil de importancia a nivel internacional. Quisieron que yo siguiera una carrera en economía o ingeniería, pero no impidieron que estudiara medicina que siempre creí mi vocación, y me ayudaron. Me recibí en la universidad de la reina. Pero antes me casé con una compañera de estudios, Lana Kelly a los dieciocho años, somos de la misma edad. Nadie me empujó a hacerlo. Lo hice voluntariamente pues creí que era el amor de mi vida y ella pensó igual, pero no resultó así.

Lucía, atenta y sin pestañear, seguía la historia sorprendida. Lo que más la sacudió fue saber de su casamiento y su divorcio algo que no imaginó ni en sus sueños, y cuando Colin se puso en pausa, lo animó a seguir. Con un gesto le pidió que acercara su mano y la tomó con fuerza en señal de que nada afectaría su relación, y así Colin pudo continuar:

—No congeniamos y nuestro desarrollo emocional no fue parejo. Era celosa de todo y de todos, por lo que me superó su desvalorización. Tantos celos fueron una demostración de que se sentía inferior y no pude tolerarlo. Mi desilusión fue *in crescendo* hasta que tuve que plantearle el divorcio, pues ya no soportaba ni mirarla. No tuvimos hijos y casi simultáneamente con nuestros títulos de médicos, llegó la declaración del divorcio de mutuo acuerdo.

Otra pausa le provocó la necesidad de beber agua, porque su boca la necesitaba, sus ojos no se apartaban de Lucía, porque no quería perder ninguna de sus reacciones y siguió:

—Debo reconocer que se portó dignamente y entendió que mi amor por ella se había extinguido. Nunca explicitó sus propios sentimientos, pero aceptó la realidad sin trabas. Así que, en resumen, mi estado civil es divorciado. La recuerdo y puedo decir que seguimos siendo amigos. De vez en cuando nos comunicamos y nos contamos como va nuestra actividad profesional. No hablamos de relaciones.

—Estoy sorprendida. Haber sido tan joven y tener que pasar por una experiencia de divorcio, me lleva a preguntar qué es lo que realmente te llevó al casamiento. Has dicho amor. —Esperaba con ansiedad su respuesta para saber qué pensaba del significado de esta última palabra, cuando él ya estaba respondiendo:

—A esa edad confundes atracción y necesidad sexual con alguien que te parece un ideal de mujer. Creí que era amor, tal vez para no pensar demasiado en su real significado, no a esa edad. Nadie de nuestras familias se opuso lo cual era como recibir su aval. El resto lo conoces salvo que ejerce como ginecóloga en Dublín, en el hospital Rotunda.

—Cada vez agregas a tu mundo cosas nuevas que me hacen perder la imagen del Colin del hospital británico. ¿Por qué viniste a Argentina?

—Sencillo. El doctor Donovan, amigo de mi familia, me hizo llamar en cuanto se enteró de mi divorcio. Y aquí me tienes.

—Esa es parte de tu historia, que no es menor, y espero que no aplique a nuestra relación. Que nada lleve al desencanto por el motivo que fuere. Cuando siento amor por alguien es una suma de valoraciones: atracción sexual, compartir virtudes y metas. No es un aglutinante lo que busco. Busco seducción, admiración por el otro y afinidad. Aún no confío en tu equilibrio emocional. Puedes conjugar opuestos en tu misma persona y eso no puedo olvidarlo. Esto que me cuentas de tu divorcio no me hace enjuiciarte ni inducirme a ninguna reflexión que se interponga entre nosotros. No es ese mi temor, lo es tu ambivalencia que presiento, o mejor expresado, siento con justa causa.

Colin pareció no entender que le estaba diciendo “ambivalente”.

—Y tú, Lucía, ¿has tenido alguna relación sentimental que haya marcado tu vida? —Con esta pregunta desviaba el incómodo tema que ella puso sobre la mesa.

—Sí. Mientras viví en casa de la familia de Laura y cursaba el cuarto año de medicina, un profesor de fisiopatología me invitó a salir y acepté. Era encantador y me enamoré de él en cuanto lo vi entrar a la clase el primer día de iniciación del curso. No conocía nada de su vida. Solo tuve en cuenta que era un profesor de excelencia y me embrujó desde el principio. Apuesto, simpático y joven. Yo no tenía entonces experiencia sexual, pero sí apetito. Y él fue mi primer bocado. No me cuesta hablar de la pérdida de mi virginidad, no tuve frenos de ningún tipo y él se ocupó de hacer que mi iniciación fuera perfecta. Me cuidó al máximo, y esa primera experiencia no la cambiaría por ninguna otra. De no haber sido así, hoy no podría tener tan buen sexo contigo. —Se detuvo un instante porque los recuerdos aún le eran dolorosos y se pasó una mano por la frente para sentir si era evidente el calor que sentía—. La relación duró hasta terminar el curso, ya era fin de año y estaban próximas las fiestas. Mientras tomábamos un café, le pregunté si las pasaríamos juntos y contestó que sería su mayor deseo, pero de imposible cumplimiento pues debía pasarlo en casa de su novia en la ciudad de Córdoba, de donde era oriundo al igual que Ángela, su prometida. —Tragó saliva para seguir y superar el ahogo—. Imagina el dolor que me causó su tardía confesión. Expresarlo en palabras es difícil. Sientes vacía el alma y piensas que nunca podrás reponerte. No dije nada y con entereza, que no sé de dónde saqué, me fui sin saludarlo y nunca supe más de él.

»Como verás mi vida no ha sido un lecho de rosas y, sin embargo, todo pasa y se acomoda cuando tienes el don de la resiliencia. La tuve en cada una de mis caídas. Hoy tengo un miedo anticipado a que nuestra relación me vuelva a dañar porque no sé si esta vez pueda superarlo. Tú no tienes que involucrarte en mis dolores que solo te alejarán de mí. Nadie quiere estar cerca de un ser a quien considera atormentado.

—No quiero interrumpirte. Continúa...

—No soy una persona atormentada. Mi fortaleza forma parte de mi temperamento. Es con lo que quería finalizar.

—Te conozco ya lo suficiente para advertir cada una de tus virtudes. En cuanto a los defectos, para mí no los tienes. Eres una persona cabal y una mujer maravillosa. —Tomó su muñeca y la acarició para transmitirle todo el amor que sentía por ella. Sí, amor. Quería que le traspasara la piel y se confundiera en su torrente sanguíneo para llegar a su corazón.

Así lo entendió ella pues una sonrisa se dibujó en su rostro y apretó su mano con fuerza para decir:

—Con este traspaso de sangre, solo por el tacto, y tu mirada, entiendo que lo nuestro es solo nuestro y eso me conforma. No necesito más.

Terminaron la cena sin decir nada más sobre su pasado. Ya seguirían con el tema. Nadie buscaba remover dolores ni sorprenderse por nada que no fuera el presente y el futuro próximo, no de largo plazo. De eso estaban convencidos.

LA RUTINA Y NO TANTO

Durmieron esa noche juntos en casa de Lucía. Abrazados y en cucharilla. Haber conseguido la intimidad perfecta los hizo descansar como ángeles.

Antes de dormirse, una pregunta aún flotaba en el aire y Colin la respondió sin que se la reformularan.

—Mi hogar está a cinco cuadras del hospital. Es amplia y confortable. De dos plantas con parque y piscina climatizada. Cuando vi que mi lugar en el mundo era Las Lomas, no dudé en hacerla construir. Es demasiado grande para un hombre solo, pero puede ser confortable para una familia…

—Duerme tranquilo que tu relato y descripción, no me mueven más que a estar feliz por ti.

Al despertar, Lucia se levantó primero para prepararse y luego hacer el desayuno. Colin remoloneó un rato más hasta que a su olfato llegó el aroma del café y las tostadas.

Era su primer desayuno compartido en intimidad. No faltó ni el jugo de naranjas recién exprimido ni huevos revueltos babé.

Leyó el diario mientras ella trasteaba por la cocina *office*. La política le atraía, no sus métodos. El hospital era un pequeño estado y por tanto tenía un régimen de gobierno y administración, donde la política era inevitable. A él solo le interesaba la parte médica, pero las reglas debían cumplirse y respetar los derechos del otro. Ese otro podía referirse a colegas o a pacientes. Y los pacientes no venían solos cuando tenían familia. Entonces el espectro se ampliaba y uno debía dar explicaciones, lo quisiera o no.

Tomar decisiones le era fácil, pero comunicar sus motivaciones cuando se las pedían, a veces excedían su paciencia. Era un defecto o una virtud, según desde qué ángulo fuera observada la impaciencia. Quería transmitirle a Lucía sus cavilaciones para que se formara como una profesional decidida y sin temores. Solvencia profesional le sobraba, pero prefirió no tocar el tema médico en su casa. Había que separar en compartimentos estancos la intimidad y la profesión. Sus padres supieron enseñarle que los problemas de la empresa quedaban fuera de la puerta de entrada de su hogar.

Luego del desayuno y de vestirse, emprendieron camino al hospital. Que los vieran entrar juntos a esa hora de la mañana los tenía sin cuidado. La ética dentro de la clínica indicaba que eran la doctora Pereda Soria y el doctor Ryan, siempre respetando que no hubiera favoritismos que perjudicaran a alguien; sus vidas privadas eran eso: privadas.

Se despidieron y cada uno fue a ver qué actividad tenían programado para el día. Colin tenía una operación a las diez de la mañana y el doctor Spencer estaría a cargo de la anestesia.

Ya en la sala preparatoria, observó que la doctora Andrea Oviedo estaba pronta a observar la operación en la sala de cirugía, no en el balcón vidriado. No lo indispuso ni a favor ni en contra, le daba igual mientras fuera educada.

Estaba tranquilo. Era un coágulo que tenía identificado por los estudios previos. La anestesia sería general al principio y por poco tiempo, mientras hiciera la trepanación que sería del tamaño de una moneda pequeña. Luego, mediante un catéter, introduciría un aspirador para quitar el coágulo y despejar el torrente sanguíneo.

Dar con la obstrucción fue fácil. Con la tecnología podía verse con exactitud el sitio de ubicación de la masa sanguínea y el proceso de salida de la sangre en estado líquido a través del catéter colocado a ese fin. La remoción se cumplió perfectamente.

Tapar el pequeño orificio craneal, esta vez lo dejó a cargo de un cualificado colaborador.

Saludó a Max y, sin mirar a nadie de su entorno, se retiró del quirófano, pero antes elevó sus ojos al balcón vidriado y ahí estaba Lucía. Le hizo el familiar gesto de encontrarse en la cafetería.

Ya sentados ante aromáticos cafés, se vieron sorprendidos por la presencia de Andrea Oviedo, que irritó a ambos con su sola presencia.

—Perdonen la interrupción. Espero no les moleste que los acompañe a beber mi café con ustedes. —Su voz denotaba seguridad e impertinencia. Colin y Lucía se miraron atónitos y prontos a escuchar a la doctorcita—. Gracias por no interrumpirme —dijo con voz de pocos amigos y una torva mirada—. Debo decirles, por respeto a mí misma, que considero inapropiado que no acaten ustedes las reglas de no emparejarse con colegas que formen parte del personal médico del hospital. Es muy fácil detectar que son una pareja y no están en matrimonio. Los amantes no deben tener lugar dentro del *staff.* No lo digo por el doctor Ryan, lo digo por usted, doctora. El doctor merece todos mis respetos y no puedo tolerar verlo contrariando las normas por una colega que no merece mi consideración. —Cuanto más se escuchaba ella misma, más énfasis ponía a sus palabras y era consciente de su tono agresivo, pero estaba tan encandilada por el cirujano que se tiró de cabeza para acercarse a él a probar suerte hasta que Colin intervino:

—Creí que era educada y me equivoqué, no solo no lo es, sino que es una impertinente que me hace dudar de su cordura. Esta conversación ha sido grabada en mi celular y me servirá para hacer la denuncia ante el directorio, a pesar de su necesidad del trabajo, según tengo entendido, para que igual la pongan de patitas en la calle para la salud de todos. —Colin pudo frenar para apaciguarse y evitar decirle, directamente, "loca", pero una vez calmado prosiguió—: Además, le recomiendo que sea atendida por un psiquiatra para que la medique, porque parece no poder, por sí misma, reconocer que lo necesita. Ver los motivos de su errática conducta que se balancean entre la educación aparente y el desequilibrio emocional es un deber a su cargo. Evito así, decirle una palabra más explícita.

—Bueno, doctor, no he querido llegar tan lejos, pero no pude contenerme de decir lo dicho y evitar recurrir a la palabra "puta" para designar a la doctora —replicó, levantándose de la silla y acercándose en forma amenazante a Lucía. Fue el momento en que Colin se paró, la tomó del brazo y la hizo caminar hasta la puerta del despacho de dirección, sin detenerse hasta llegar ante el sillón que ocupaba Horacio Donovan.

—Doctor Donovan, a esta doctora no sé por qué la aceptamos aquí, aunque algo recuerdo. Es el momento de darle de baja, pues su comportamiento ha sido inapropiado y rayano en el delirio, para ser lo más delicado posible al adjetivar. Podrá escuchar lo que grabé hace segundos. —Puso su celular para ser oído, claramente, por Horacio, quién con los ojos desorbitados y la boca abierta por las palabras de esa demente, expresó muy serio:

—Ryan tiene razón, ya mismo le exijo que firme su renuncia y cobre lo que se le deba por estos días que ha estado en el hospital.

Andrea firmó la renuncia y el recibo de pago y, antes de retirarse, le plantó un beso en la boca a Colin quien, de inmediato, se limpió los labios con la manga de su delantal con cara de fastidio y repulsión. Ya a solas, se acercó a Horacio para recordarle:

—Horacio, agradece a nuestro colega por presentarnos a esta perturbada, que la próxima que traiga bajo su ala, lo haga previo a un estudio profundo de sus antecedentes. Cuando presenté a Lucía para evaluarla, puse todo lo que sabía de ella sobre la mesa.

—Tranquilo que se lo diré junto a otras palabras que se me ocurran en el acto. Tú anda con tu adorada Lucía. Hacen una hermosa pareja y no rompen ninguna regla de ética de este hospital.

Lucía esperaba tranquila; cuando tuvo a Colin sentado frente a sí, recordó que cuando vio por primera vez a Andrea, no le produjo buena impresión y, por el contrario, la consideró peligrosa. Por suerte las cosas no llegaron a mayores, pero sintió necesidad de decir:

—Colin, querido, debo reconocer que eres algo así como un encantador de serpientes. Para usar palabras más sutiles digo que dada tu atractiva virilidad no hay mujer que se resista a tu encanto y todas quieren seducirte. Yo te vi primero y por tanto tengo prioridad. —Lucía descontinuó su parrafada para no demostrar cuánto la encandiló desde el inicio.

»Razono que el amor a primera vista existe, lo digo por mí. No sé qué parte de nuestro cerebro interviene para que ello suceda. La necesidad de respirar es vital, al igual que la de alimentarse. Sin ellas no podemos vivir y sin amor tampoco. Creo que debe estar en la misma zona de la mente, es un proceso mental complejo, donde intervienen hormonas de distinto tipo y cada cual con una distinta función. Un neurólogo y argentino, personaje público, expresó "...Es difícil separar cuerpo y mente. El corazón es más la víctima que el origen de las emociones..."

—Determinar la duración del encantamiento, debe ser objeto de un estudio minucioso. Podemos hacerlo, aunque para nosotros mismos. Debo reconocer que eres capaz de sacar de la manga cualquier tema que resulte atractivo. Y ya que estamos en el tema, ¿cuándo crees que podemos salir del hospital? El objetivo hoy será que conozcas mi casa.

—Con relación a cuando te respondo: ahora. Hoy no he hecho más que estudiar pues no he tenido trabajo alguno. O están todos sanos lo cual es de agradecer si eres sensible, pero a la vez ello te impide practicar, lo cual es contrario al avance científico.

—Ya estás desvariando, así que vayamos a lo nuestro, si aquí no nos necesitan.

XV

LA CASA Y NUEVOS CAMINOS SE ABREN

Caía la tarde mientras caminaban rumbo al hogar de Colin. Lucía estaba inquieta pues no sabía con qué se iba a enfrentar. Conocer la morada de alguien a quien amas, te produce expectación. Donde vives es parte de tu idiosincrasia, es el reflejo de tu personalidad.

No hacía mucho que se conocían y, aunque la relación era íntima y no parecía tambalear por ningún frente, esta visita era demasiado importante para mantener los valores que ella reconocía en Colin: ¿Y si era un maníaco del orden y la ostentación? ¿Lo querría igual? Con qué estupideces puedes cuestionar algo tan importante como el amor. ¿Estaba poniendo en duda sus sentimientos o ella se subestimaba demasiado?

Esto último no lo creía pues se quería, y mucho. Si no hubiera sido así, no habría podido sobreponerse a tantos embates que padeció y de los que salió, relativamente, airosa.

Por suerte ya estaban en la esquina de la manzana que ocupaba la mansión de Ryan. Que el terreno fuera enorme no era insultante. Era una demostración del buen ojo y la disponibilidad de recursos que tuvo para adquirirlo.

La casa estaba en el centro del terreno, según se podía entrever a través de la tapia de hierro que la rodeaba, enlazada con arbustos que impedían ver con claridad. La armoniosa alianza de metal y follaje era perfecta.

Tras atravesar el portón de acceso, aparecía una casa de arquitectura minimalista de dos plantas, vidriada casi en su totalidad y una piscina que creyó olímpica. Nada fuera de lugar, sin estridencias, pero sí con elegancia de quien sabe que lo despojado, como antítesis de lo pomposo, es lo que permite vivir en calma. Reconoció que la sobriedad era una virtud de la personalidad de Colin. A veces su errático proceder era propio de toda persona que tiene buenos y malos momentos para razonar con claridad.

Lucía dejó atrás todo pensamiento ajeno a esta exploración gratificante. Miró y observó todo con detenimiento mientras lo relacionaba con las características personales de su dueño, y más la cautivó. Recordó que mencionó algo así como que era habitable para una familia, lo que provocó en ella una ternura que calentó su interior.

—Si bien es una sorpresa —expresó con una sonrisa de complacencia—, y me agrada todo lo que veo, no puedo dejar de relacionarlo con tu persona. Es tu hogar sin dudas... armonioso como tú lo eres para mí.

—Gracias, Lucía —Colin se acercó para tomarla de la cintura y apretarla contra su cuerpo—. No he perdido ninguno de tus gestos ni de tus miradas que solo me provocan reconocer que estoy enamorado de ti tal y como eres. Los defectos, si los tienes, se pueden resumir en tu rebeldía, demostrada en ciertos casos. Pero no mueven los platillos de la balanza, pues tus virtudes tienen un peso específico determinante de su inmovilidad. Creo que es hora de comer algo para saciar el apetito propio de la hora o..., tenerte tan cerca me provoca y estamos en el lugar preciso.

—¿Cuál presumes que será mi respuesta? —Creyó no haber perdido la capacidad de ruborizarse pues sintió que su rostro se tiñó de rojo como tomate maduro.

—Ven. —La tomó de la mano y jaló suavemente hasta su dormitorio en la primera planta, con balcón frente a la piscina. Mientras lo hacía, susurraba palabras muy audibles, aunque dichas con la voz pastosa por el deseo—. Eres pura ambrosía, el néctar listo para ser libado y lo haré, así mi líquido orgánico se integrará a tus flujos naturales.

—Frena tus palabras que me haces sentir en una clase de fisiología. —No pudo contener una risa que no dejaba de ser voluptuosa.

—No conseguirás quitarme la calentura ni con barras de hielo, estamos llegando al tálamo de los pecados.

Esas palabras hicieron que ambos rieran divertidos. Una pareja puede permitirse interrupciones de ese tipo y reírse de palabras que suenan teatrales, aunque en el fondo sean verdades. La risa pasa para dar lugar a otras emociones, eso ya no solo era amor a primera vista o pura atracción sexual, era apego con todos sus significados. Así lo entendieron, eso los puso serios y decididos a actuar sin demoras. Así estrenaron la cama y el dormitorio del doctor Ryan, este par de amantes que sabían lo que hacían.

Describir los detalles de su encuentro de pasión y sexo sería iterar. El sexo es tan personal y con tantas variantes que imposibilita ser descripto en cada uno de sus detalles sin caer en lo trivial y tantas veces expuesto en letras. Puede ser, incluso, abrumador, pero también encender la pasión del supuesto observador que quiere serlo porque se trata del goce que los protagonistas consiguen con cada movimiento, con cada mirada, con cada caricia, con cada beso de sus cuerpos ávidos para complementarse de todas las formas posibles. ¿Y el sentido del tacto es el principal? Sí, si pensamos que todo es cuestión de piel que hace que las terminaciones nerviosas que llegan a cada una de las partes del cuerpo que cubre, se sientan diferentes. Las zonas erógenas ganan en este juego de roces y desplazamientos únicos; cada encuentro sexual de una pareja es incomparable a otro, por ser el resultado del diferente estado emocional por el que atraviesan y lo llevan a sentir distinto. En el ahora de Lucía y Colin, no solo jugó el tacto. Todos los sentidos estuvieron activos y traviesos. Gozaron como nunca, o como creyeron que "nunca", pues cada vez que hicieron el amor, fue un estreno. No se repetían esos momentos y fueron únicos en cada ocasión. Esta vez se sumó el entorno, el escenario era otro e influyó para concebir un vínculo diferente. Así lo sintieron hasta entregarse al sueño.

Antes de despertar, Colin recibió una llamada de su padre. Bajó de la cama sin hacer ruido para no despertar a Lucía. Luego de cariñosas palabras entendió que le instaba a ir a Belfast por motivos administrativos de la empresa, además de extrañarlo. Lo entendió y, mentalmente, se preparó para el viaje.

Consiguió el pasaje por Internet para el mismo día y preparó una maleta pequeña con lo indispensable, pues no hablaron del tiempo que debía permanecer en Irlanda. Le alegraba la idea de estar con sus padres, él también necesitaba su presencia física. Solo quedaba comunicar a Lucía su inesperada partida y no sabía cómo tomaría esa ausencia.

Mientras desayunaban en el *office*, luego de la noche inolvidable que pasaron, consideró fastidiosa la separación, pero tuvo que informarla y lo hizo mirándola, fijamente, para ver si le afectaba la noticia.

—Lucía, es lamentable para ambos separarnos por unos días que espero sean pocos. Debo ir a Belfast, no te consulté pues estabas dormida y son mis padres los que me reclaman. Como hijo no puedo fallarles. Puedes quedarte en la casa si es tu deseo, pues mi intención es compartirla contigo. No sé más qué decirte. —Mientras la observaba vio su palidez y el asombro en sus ojos, pero se recompuso enseguida, se acercó y con su mano sobre la cabeza de Colin pudo expresar su sentir.

—Si no entendiera tu urgencia, sería una necia. Ve y soluciona los problemas con tranquilidad. Me entretendré con trabajo. No soy una desvalida y creo que es la idea que compartimos: bastarnos a nosotros mismos como personas independientemente de nuestra relación amorosa. Tengo muchos deseos de practicar en el quirófano, cosa que no se ha dado en forma frecuente. Estaré atenta a tus llamadas y mensajes y eso me mantendrá ocupada y anhelante.

—No esperaba otra respuesta, eres la mujer que elegí y esta es una de las tantas razones: tu integridad emocional.

Con sabor a café, el beso fue no solo excitante; el rico aroma sumado a la esencia de sus humores lo hizo especial. Estaban bien en su mundo perfecto de romance y cordura. Lo extrañaría, pero no dejaría que lo adivinara para evitar que se sintiera culpable por ausentarse. Colin no eligió separarse, las circunstancias decidieron por él.

Colin partió y ella no lo acompañó al aeropuerto pues debía presentarse en el hospital. Cuando llegó, Donovan la esperaba en la entrada.

—Querida Lucía, estás presente, aunque tu corazón puede estar en otro lado. Sé de la partida de Colin.

—No se preocupe, Horacio, tengo todas las pilas puestas para enfrentar ya mi trabajo de primera auxiliar quirúrgica.

—Tienes suerte, hay programada una operación a corazón abierto que realizará el doctor Otto Hesse y que podrás presenciar. No te pido que seas la instrumentadora, pues el cirujano debe traer a su equipo.

XVI

COLIN, LUCÍA Y OTTO

Colin

En el aeropuerto, sus padres: Fiona Kelly y Brian Ryan, esperaban a Colin. Se prodigaron las demostraciones de afecto de quienes que no se ven con frecuencia y son familia.

—Hijo, demasiado tiempo sin vernos —su madre agregó un suspiro profundo—, no deberías tardar tanto en venir.

Era una bella y elegante mujer al igual que su padre que, además de apuesto, era muy inteligente. Colin se parecía más a él.

—Madre, tú sabes que ser médico no es fácil de manejar con viajes y visitas de cuerpo presente. Me mantengo en contacto varias veces a la semana con ustedes.

—Fiona, ¡deja a tu hijo en paz! —exclamó su padre con duro acento—. Recién arriba y ya estás quejándote. —Se dio cuenta de que una madre no merece un reproche en ese tono y agregó—. Debe ser común a todas las madres del universo.

—Tienes razón, papá, pero su actitud me llena de alegría. Sentirse mimado y querido es muy gratificante. Espero estar en casa para resolver lo que me trajo hasta aquí.

—Tal vez el motivo para que vinieras era la necesidad de estar un tiempo contigo. La empresa funciona bien y genera como siempre buenos ingresos.

Era verdad que necesitaban tenerlo cerca sin que ello significara dejar su profesión. Pero calló sus reales intenciones, ya habría tiempo de explicaciones convincentes.

Lucía

Cuando Horacio terminó de pronunciar la última letra "e" de Hesse, Lucía dejó su respiración suspendida en medio de una inspiración. Si no seguía con el ritmo caería de un síncope. ¿Otto Hesse estaba en Las Lomas y había venido desde Alemania a operar en el hospital británico?

Después del Congreso fueron pocas las veces que hablaron. Él siempre muy ocupado en Berlín, y otras ciudades europeas, por su profesión. Lo llamaban por pacientes importantes y de riesgo, y ella trató de no desviar el curso de su reestablecida relación con Colin por lo que optó por no comunicarse con él. Ahora aparecía coincidiendo con la ausencia de Ryan. Se recompuso y, sin demostrar cuanto la afectaba la noticia, pudo inquirir:

—Horacio, no entiendo que el doctor Hesse, a quien conocimos en el congreso, haya venido hasta aquí nada menos que a practicar una cirugía cardíaca.

—No es difícil de entender. La paciente es una señora alemana amiga de la familia de Hesse. Está en el país pasando una temporada en Córdoba en casa de una prima. Cuando el médico cordobés que la atendió por un episodio cardíaco obtuvo el resultado de los estudios, aconsejó una pronta cirugía. Hesse fue convocado por la familia y aceptó venir con la condición de llevar a cabo la operación en nuestra clínica. Al pedirme la sala quirúrgica expresó que nuestro hospital era uno de los mejores centros médicos a nivel internacional. Es todo.

Además del asombro, a Lucía le alegraba encontrarse con su amigo, a pesar de todo. Y ese todo, incluía enfrentarse a un amigo que alguna vez se hizo ilusiones de tener con ella algo más que una amistad. Eso no se consigue con deseos no correspondidos y ella no los tuvo, la amistad era otra cosa. Otto era su amigo y, como tal, lo tenía incorporado en su corazón.

Decidió no asistir ni desde el visor a la cirugía. Ya tendría oportunidad de verlo.

Colin

En Irlanda, los padres de Colin parecían interesados en retenerlo. Le ofrecieron la dirección de la empresa textil. No se lo explicitaron y no hizo falta, él lo veía venir. Estaba seguro de no dejarse convencer.

Sus metas eran otras y ellos lo sabían. Pero hay algo en los padres y es no dejar de decir a sus hijos lo que entienden que es mejor para ellos. De no hacerlo, temen arrepentirse de su silencio. Es una actitud de sobreprotección fuera de tiempo. No estaba allí para juzgarlos y sí para disfrutar su cercanía.

Al segundo día de su llegada, mientras cenaban, su madre con voz contenida y aproximándose a él, como para ser más convincente, dijo sin contemplaciones:

—Lana, tu ex, es famosa en Irlanda como ginecóloga y aunque vive en Dublín, le hemos visto hace poco. Pasó por Belfast y vino a vernos. Está igual o más hermosa y permanece sin pareja. Te recuerda con mucho cariño y yo pienso que con mucho amor. No te olvidó. Eran demasiado jóvenes y pasó lo que pasó...

Colin entendió por dónde venían los tiros y comprendió que lo llamaron para hacer de celestinos. Para dejar todo en claro contestó:

—Madre, no dejes volar tu imaginación, yo tengo una vida hecha en Argentina, incluso con una pareja estable y hay amor entre nosotros. También es médica. —Miró a su padre que tenía cara de mármol en ese momento, no sabía si por estar de acuerdo con su explicación o para no dejar expuesto que advirtió el desatino de Fiona.

—Disculpa, Colin —siguió su madre—, pero sin consultarte organicé un viaje a Dublín para cenar los tres en su casa. Nos invitó especialmente y no pude decir que no.

—Si la disculpa es por eso, no te aflijas que no me molestará acompañarlos. Con Lana quedamos en muy buena relación, nuestra comunicación es cada vez más esporádica; hasta diría que es nula.

—Si es así —dijo su padre con calma—, no hay más que hablar. Mañana haremos el viaje.

Brian tergiversó los dichos de su hijo y dio por sentado que "esporádica y nula" significaba que quería retomar el contacto.

Sus padres, que eran una suma de inteligencias, creyeron que estaba todo encaminado y sobre rieles, pero esta vez se equivocaban al ignorar la advertencia de Colin de estar enamorado.

Lucía y Otto

En Las Lomas, con toda su capacidad puesta para mantenerse serena, Lucía entró a la cafetería de la clínica y, por supuesto, allí estaba Otto con un café y un sándwich sobre una mesa que ocupaba en soledad.

Distraído ojeaba un periódico para conocer la situación política y social del país. Involucrarse para entender la vida de sus habitantes era propio de su curiosidad y en este caso más, por interés personal.

Ella se acercó a la mesa sin saludar y se sentó frente a él. Al sentir una presencia, Otto levantó la vista y contempló a la mujer de sus sueños. Raro que lo fuera, si pasó tiempo sin verla ni hablarle. Se quedó en su lugar muy a su pesar. La hubiera abrazado y besado ahí mismo.

—Lucía, no me permitiste levantarme a saludarte como lo soñé, pero tenerte enfrente y mirarte es suficiente por ahora.

—Hola, me sorprendes... tus silencios fueron largos y pensé que olvidaste nuestra amistad.

—Todo lo contrario, estuve muy ocupado con la cirugía y acepté esta operación aquí pues me daba la posibilidad de verte. No dudé en hacerlo a pesar de tener que abandonar lo que ya tenía programado.

—Es una respuesta aceptable viniendo de ti. Sé lo que es amar una profesión o, más que amarla, estar comprometido con ella. Tú lo estás y te entiendo. Mi compromiso quedó de lado. Pienso ejercerla a como se vaya dando, si no conoces mi historia de por qué llegue a ello, será cuestión de hacerlo pronto. Mis disculpas quedarán para después, entre amigos no son indispensables.

—Estoy atento a lo que tengas que decir y así poder interpretar tu actitud de abandonar aquello que dominas.

La realidad de sus pensamientos no era, precisamente, de trabajo, no podía confesarlo antes de tiempo y menos después de lo último que mencionó Lucía, pero su presencia, y cercanía, en cuerpo y alma, era difícil de soportar sin levantarse y tomarla entere sus brazos hasta quitarle el aliento. A eso había venido y no se iría sin tratar de lograr su objetivo. Sabía que el doctor Colin estaba ausente y eso daba aire a sus propósitos.

Lucía, ajena a las cavilaciones de Hesse, seguía con sus intenciones de contar el porqué de las decisiones que tomó y eso hizo. Resumió lo más relevante de su pasado y sus avatares profesionales, para que él pudiera entender sus miedos.

No obstante prestarle atención, iba a sostenerla no a compadecerla.

—Si hubieras estado a mi lado, hoy ejercerías la especialidad. Tienes talento, solo te hizo falta alguien que te ayudara a superar los temores; me considero capaz de sostenerte como una columna en la que apoyar tu soledad para tomar decisiones. ¿Qué pasó con tu relación con Ryan? Cuando se fueron no estaban muy conectados y espero, por puro egoísmo, que las diferencias se mantengan.

Lucía pensó que no debía dejarlo seguir por ese derrotero para evitar que se estrellara contra un paredón. Las palabras de Otto eran para emocionarla por el afecto con que fueron expresadas y, tal vez, decía una verdad: con él su historia hubiera sido otra, pero no podía precisar desde qué momento de su vida. Entonces sacó las fuerzas que no tenía para contestar

—No quiero que sigas por el camino que no es el correcto... Mi relación con Ryan es la de una pareja enamorada.

Otto calló por unos instantes, su rostro empalideció y, sin darse por vencido, su voz llena de emoción y pesar inundó el espacio.

—Esto no lo esperaba. Creí que no tropezarías dos veces con la misma piedra —comenzó, y ella lo interrumpió.

—¿Es que piensas que volverá a ocurrir el distanciamiento entre nosotros? Espero que no. Deseo que no.

Otto la miró con amor no disimulado y contestó a su pregunta:

—Yo quiero tu felicidad, Lucía, eso es amor para mí. A pesar de nuestra incomunicación física y verbal nunca dejé de verte como la mujer de mi vida, a quien querría tener para siempre como compañera e, incluso, como madre de mis hijos.

—Es halagador lo que dices, pero no se ajusta a la realidad de hoy. Nadie tiene asegurado el porvenir. Eres un ser entrañable, amigo, y hoy no es posible que pueda haber entre nosotros más relación que amistad. Ryan y yo nos amamos, cuando te conocí él ya estaba en mi vida. No debo disculparme, mas sí necesito que sepas mi deseo de tener tu entrañable y leal amistad. Parece contradictorio, pero no lo es. Te estimo demasiado.

—Claro que no lo es, estaré pendiente de ti. Salgo al aeropuerto en media hora, debo darme una ducha y tomar mi documentación. He dejado las instrucciones en el hospital para controlar a mi paciente. Se llama Edna Huber. Si quieres observarla, hazlo. Te quiero más de lo que imaginas. —Se levantó, le dio un beso en la mejilla y se fue dejando a Lucía triste y sin dudas de visitar a Edna.

Otto prefirió irse con la mayor rapidez posible y así distraerse del dolor que siente todo enamorado ante un fracaso.

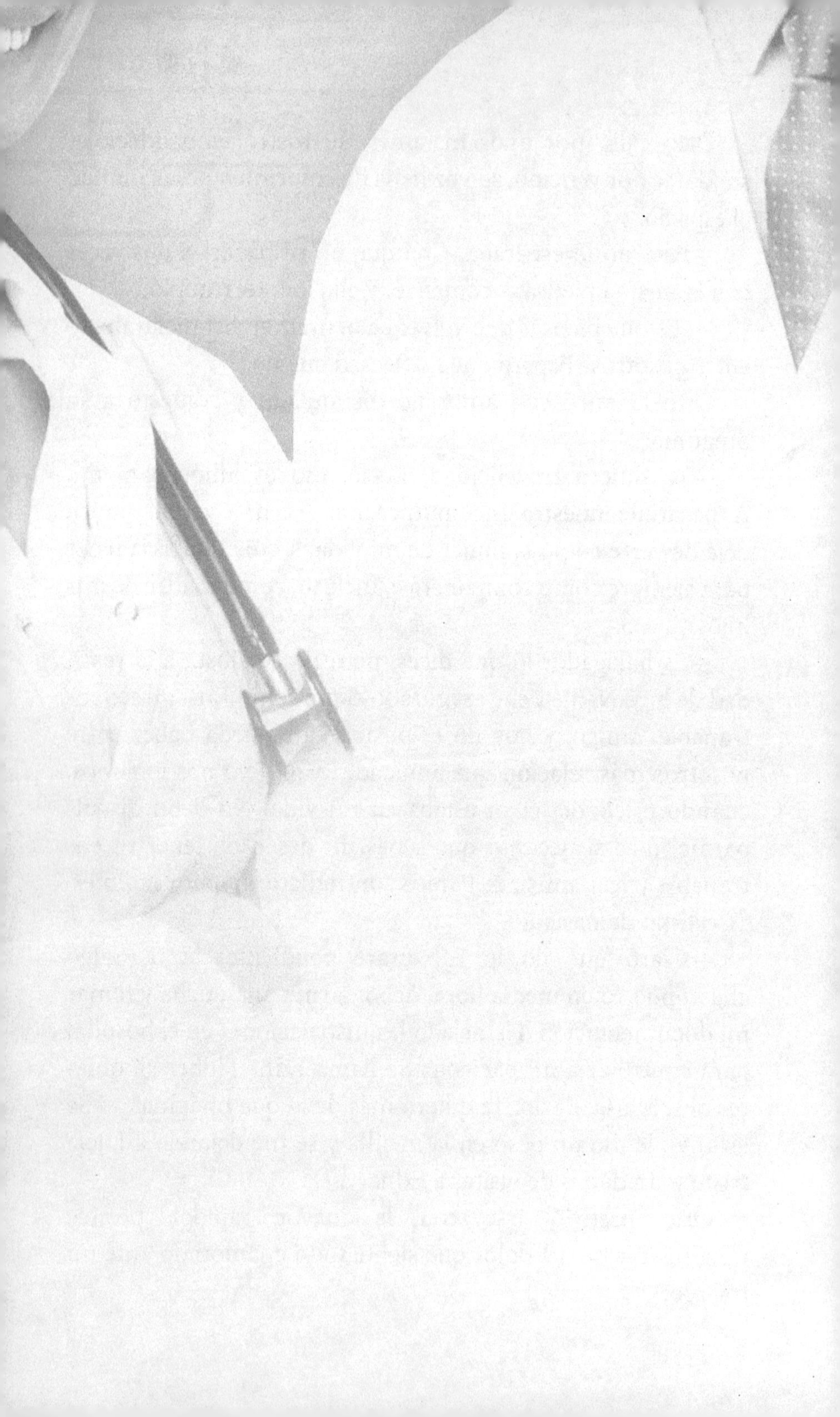

XVII

DUBLÍN. LAS LOMAS

Colin no tuvo opción y, como estaba previsto, emprendieron viaje a Dublín en el auto de la familia, que en vez de un chofer lo condujo él.

Llegaron a casa de Lana Kelly. Tenía que enfrentarse con quien no quería, por nada en especial, solo que no le interesaba el encuentro.

Ni bien abrió la puerta, Lana saludó efusivamente a sus padres.

Estaba bella, como siempre lo fue, no terminaba de observarla cuando sintió que se le pegaba a él en un abrazo demasiado envolvente mientras repartía besos húmedos por todo su rostro. Trató de separarla pues sintió rechazo por su cercanía. Era su ex y para él una mujer igual a cualquier otra que se le acercara. Su indiferencia sería la misma, solo sentía *feeling* con Lucía. Lana le hizo sentir un repelús y no supo cómo quitarse la humedad de sus besos sin ofender a sus padres, no a ella, limpiándose cada lugar por donde posó sus labios.

Sus pensamientos se cortaron cuando los invitó a pasar al comedor, la casa era muy bonita por lo que pudo ver.

Sus padres y ella seguían platicando y era evidente su proximidad afectiva.

Todo estuvo bien durante la cena y pasaron, por invitación de la anfitriona, a tomar el café en la sala. La casa era coqueta como su dueña, coquetería que no llegaba a conmoverlo.

De pronto, sus padres se despidieron con una tonta excusa, no sin antes pedir que los viniera a buscar su chofer con otro de sus autos. Se fueron con la evidente intención de dejarlos a solas. No era una buena decisión, que se pareció más a una traición, pero él era un hombre que sabía cuál era su lugar donde estuviere.

Hablarían de los temas que Lana quisiera: profesión, política, incluso arte. No tenía problemas de intervenir en ninguno pues tenía conocimientos de todos.

No intuyó lo que vendría a continuación. Ella empezó a utilizar una voz melosa y a ronronear como una gata:

—Colin, sabes que nunca quise divorciarme de ti. Te amé siempre y lo sigo haciendo desde el primer día en que apareciste en mi visión y en mi vida. Toda esta puesta en escena ha sido idea mía para verte y pedí colaboración a tus padres.

Él la interrumpió enseguida.

—Este atajo que tomas no es de mi agrado, pero si llegaste hasta aquí, involucrándolos, por respeto a ellos me quedo un minuto para que digas lo que se te venga en ganas.

—Gracias. Si tomé este camino es porque siento que tu lugar está aquí en Irlanda. No en un país perdido en el fin del mundo, en una ciudad alejada de todo. Aquí está la empresa de tus padres que, tarde o temprano, necesitarán de ti; y aquí estoy yo, y también la posibilidad de ejercer tu trabajo como médico, lo cual sería un *boom* por la capacidad y el prestigio que ya tienes. Podríamos poner una clínica juntos y, además, reiniciar el romance que considero latente aún en ti. De mí ya te lo dije. —Colin no esperaba tanta imaginación de su parte. Pero atinó a decir:

—Tus intenciones son en vano, Lana, primero: no te amo y te consideré una amiga, hasta hoy. Segundo: mi vida está en el país donde encontré todo lo que necesito y quiero, y sobre todo el amor que siento por una persona que vive y nació allí. Lo demás para mí no tiene valor, salvo el amor que tengo por mis padres y por esa mujer. Mi camino se inició por casualidad y ha sido el correcto, pues me hace feliz.

Al escuchar que tenía una relación, se levantó de repente y, sin pedir permiso e ignorando sus palabras hirientes al decir que no la amaba, se sentó a su lado, le acarició la cabeza y apoyó la suya sobre su hombro. Él sintió aversión por su atrevida cercanía y más que eso por sus intenciones rayanas en una locura erótica al apoyar su mano en sus genitales. Ese abuso le impulsó a tomar con fuerza su muñeca y levantarse con ella. Estaba incómodo y enojado por la actitud de quien fuera su esposa y no pudo callar.

—Te has excedido y es suficiente muestra de que es hora de irme. No puedes entender que con una amiga el sexo no funciona, no siento nada por ti, y ahora ni siquiera amistad. Lo nuestro se terminó y para mí no hay vuelta atrás. Deja de soñar y vive la realidad. Busca alguien que pueda corresponder a tu frustración sexual. No soy yo el indicado, te lo dije clarito.

—Tienes razón, Colin, pero intento hacer lo imposible por retomar aquello que tuvimos, aunque tal vez por poco tiempo. No me dejas opción y deberé resignarme. Te acompaño a la puerta.

Antes, y a miles de kilómetros, en Las Lomas, a Lucía le invadió una idea fija: ver a Colin sin demoras. Irlanda no quedaba a la vuelta de la esquina, pero la ausencia de él ya le era insoportable y tenía sus dudas sobre los motivos del llamado de sus padres.

Hablaría con Donovan y lo buscó en el acto. Lo encontró en la mesa de entradas y sin vueltas le preguntó:

—Doc, ¿podemos hablar un instante a solas? —Él la tomó de la mano y la separó del amplio mostrador de granito negro que resaltaba sobre la blancura del resto del amplio *hall* y la llevó a una distancia para no ser oídos.

—Dime qué te preocupa —inquirió Horacio poniendo su mano sobre el hombro de Lucía.

—Sencillo, quiero viajar a Irlanda, más precisamente a Belfast, ya no soporto la lejanía de Colin. Me manda mensajes cariñosos y eso no me conforma. Desconozco la dirección de la casa de sus padres, donde supongo se encuentra.

—Pues a pesar de no ser yo su pareja, he tenido más suerte que tú. Me ha llamado dándome detalles de sus proyectos, que no son otros que volver cuanto antes. Pero el antes no lo cuantificó. Ya te envío la dirección de sus padres y la de Dublín donde vive su exesposa. —Dicho esto sacó su celular y le envió todos los datos precisos y agregó—: ya tienes todo cuanto necesitas para no perderte. Por cierto, te dejo ir a pesar de ser una de las mejores instrumentadoras que ha tenido el hospital y he conocido. No podía ser menos, los cirujanos deben bendecir el momento en que te decidiste por esta práctica. No sé si es, en definitiva, lo que tú más quieres, pero dejaremos esta conversación para tu regreso. Te deseo un viaje feliz y un reencuentro con Colin de esos que hacen historia. —Pasó su palma sobre la coronilla de Lucía a modo de saludo.

—Gracias, amigo, más que jefe... es como si recibiera las bendiciones de un padre. No por edad, si usted es un mozalbete —replicó con una sonrisa que dejó ver su espléndida dentadura y, en punta de pie, le estampó un beso en la mejilla a su adorable colega.

Con premura fue a buscar sus petates para partir al aeropuerto a pescar un vuelo. No le importaba cuál ni si tendría que esperar sentada en un banco o en un lugar VIP ya que su viaje era en ejecutiva y, de ser necesario, esperaría sentada en algún sitio. Todo le daba igual con tal de ver y tocar a Colin.

Llegó al aeropuerto en un *remise*, previo a pasar por su apartamento a recoger su maleta del tamaño permitido para la cabina y toda la documentación, más el dinero necesario en la moneda universal. No tuvo tiempo para otra cosa.

Sabía cuál era la compañía aérea para empezar y luego la combinación a como fuera. Lo seguro al entrar en Irlanda, era que el avión aterrizara en Dublín sin importarle cuan largo sería un vuelo con o sin escalas. Era lo de menos.

Sin embargo, sería lo demás.

Y así fue. El avión aterrizó en Dublín luego de viajar más de diecinueve horas.

Estaba anocheciendo cuando indicó al taxista que la llevara a la dirección de Lana Kelly. Era la única conocida en Dublín, según la información que tenía de Donovan.

El taxi paró frente a la dirección y, antes de pagar, al mirar por la ventanilla vio la puerta de entrada iluminada y mientras el conductor bajaba su carrión, observó intrigada quién estaba saliendo por esa amplia puerta. Eran dos, una evidente pareja; la mujer que suponía era Lana, abrazaba al hombre con ¿pasión?, se preguntó, y de paso echó un vistazo al hombre, de curiosa. Estaba de espaldas y enseguida reconoció la silueta de Colin. No necesitó verle la cara.

Con rapidez pagó al taxista y llevada por la bronca que le produjo la dolorosa visión, se decidió a enfrentarlos y, por qué no, ¡sorprenderlos!

—Perdón por interrumpir —espetó. Su actitud corporal fue propia de una persona irónica ya que separó un poco sus pies y colocó sus manos en la cintura, solo faltó mover la punta de uno de sus zapatos para darle a la pose una connotación actoral de pedir rendición de cuentas—, pero no tengo otra posibilidad para comprobar que lo que veo es cierto. ¿Qué tal, Colin? Noto que la señorita es muy efusiva con la despedida y tú has permanecido como un can que se deja acariciar por su dueño. Esto no lo esperaba cuando, por extrañarte, me tomé el primer avión que encontré para estar contigo. —Colin, que no estaba preparado para tenerla delante, enmudeció por un instante y con voz temblorosa, dijo la remanida frase:

—Lo que ves no es lo que parece. —Sintió vergüenza por la forma de expresar una verdad absoluta.

—¡Ah, nooo! ¿Y qué crees que parece? ¿Acaso la escena de una película? Pero no veo ningún equipo de filmación que la esté tomando.

Vio a Colin empujar a la mujer que intentaba no soltarlo y así pudo acercarse a ella de una zancada y tomándola de ambos brazos para sujetarla le dijo al oído:

—Aunque te parezca difícil, créeme. Esta mujer es un estorbo y una confabulación intolerable entre ella y mis padres.

—No se te da bien demostrar la intolerancia —dijo enojada.

—Vámonos. Te explicaré en el camino, te lo ruego.

—Está bien, me han pasado cosas peores.

Lana, con ojos desorbitados, no dijo nada y esperó a que se fueran en el auto de Colin. Antes acomodó la maleta de Lucía.

¿Quién iniciaría la conversación? Era difícil predecir. Ninguno intentaba ser el primero. Ella por salir de su estupefacción y él no saber por dónde empezar.

Colin, sin consultar, la llevó hasta su casa en Belfast. No quedaba a unas pocas cuadras, pero le pareció que era la mejor opción para poder acercarse a Lucía, mientras pasaban los kilómetros de distancia.

No tuvo suerte. Ninguno habló.

Cuando entró al garaje, ella lo miró volteando su cabeza con un signo de interrogación en sus ojos y él no tuvo más remedio que decir:

—Esta es mi casa... bueno, la casa de mis padres. Estamos en Belfast. Te invito a bajar, aunque ellos ya deben de estar durmiendo. Otra posibilidad es irnos a un hotel. Te dejo elegir. —Lucía no pudo permanecer silenciosa y contestó con cara de pocos amigos.

—No me parece bien ir a un hotel, considero mejor opción la casa de tus padres que me permitirá conocerlos y entender de dónde has salido para actuar de manera tan desleal.

Colin, como era su costumbre, se pasó una mano por el cabello, un modo de aligerar alguna respuesta y, con toda la calma que pudo lograr por la cólera acumulada contra Lana, verdadero motivo de la oclusión de su laringe, dijo con voz destemplada:

—Entiendo que estés confusa y no saldrás de la confusión hasta no dejarme explicar lo que pasó de verdad.

—¡Para todo tienes alguna explicación! Pero no estoy confusa, estoy rabiosa y no creo que sea tan fácil quitar de mi retina la imagen que vi —las palabras salieron acompañadas de una fulminante mirada parecida a rayos descargados en una tormenta eléctrica—, y que ni siquiera podría imaginar.

—No es de sabios dar por sentado lo que ven tus ojos. Hay testigos que creen ver lo que en realidad no pasó ante su vista y no lo hacen por maldad sino porque creyeron ver realmente aquello que no pasó. Es un mecanismo mental que nos juega, a veces, malas pasadas, por eso el juez o el jurado no pueden tener en cuenta la declaración de un testigo como única prueba para fundar su veredicto.

—Colin, darle una connotación jurídica me parece demasiado… —La voz de Lucía sonó irónica.

Desde ese momento no hubo palabras, solo acciones. Él bajó del auto, abrió la puerta para que ella descendiera. Lo hizo sin chistar y, él, con su maleta de ruedas a la rastra, abrió la puerta de su casa.

La oscuridad era total hasta que Colin encendió una lámpara de pie que iluminó el salón que parecía un estadio de fútbol por su tamaño. Lucía suspiró profundamente.

Colin se hizo el desentendido, pues él no se sentía en falta, no haría nada por agradar ni desagradar. Como anfitrión educado le daría las comodidades para que pudiera descansar y si quisiera comer algo le ofrecería; con esa idea le dio a elegir:

—Dime si prefieres comer algo primero antes de subir a tu habitación. —Mientras hablaba, Colin se acercaba en son de paz y amor.

—Te agradezco la comida, pero prefiero descansar. —No le permitió seguir el juego pues lo conocía demasiado como ganador nato y ella visualizó, como en una película, la secuencia de los hechos de una reconciliación que él demostraba necesitar.

¿SERÍA UN MANIQUÍ?

Al despertar, después del mediodía, Lucía se dio cuenta de que estaba en un lugar desconocido. Enseguida recordó que el cansancio del viaje y la escena romántica que desbordó su humana comprensión, hicieron de poderoso somnífero. Estaba desencajada luego de mirar la hora. Se sintió una maleducada que no respetaba las reglas que, seguramente, tenía la casa que la hospedaba.

Con velocidad usó todo lo que estaba a su alcance, que era mucho. El baño privado parecía de la Roma antigua por el mármol de su revestimiento. Todo níveo e impecable, tanto que tenía temor de desacomodar hasta las toallas. Se dio una ducha espectacular que aflojó sus entumecidos músculos contracturados por el disgusto de la escena presenciada ante la puerta de Lana. Eso lo recordaba claramente, incluso sin saber cómo enfrentar a Colin. También en el paquete venían sus padres. Si salió de tantas, ¿por qué no podría salir airosa de esta? Su culpa fue enamorarse de quien no correspondía a su lealtad. Esa era la palabra exacta. Lealtad es lo que necesita una relación de pareja para ser ejemplar. Bueno, ejemplar,

ejemplar, era mucho pedir a un ególatra como Ryan. Y ella recordó que, por mucho tiempo, se dejó usar como a un maniquí por ese conjunto de colegas apestosos que la hicieron pedalear. Ahora, realmente, se sentía con ganas de dar batalla contra quien cortara su camino hacia la libertad de tomar decisiones, aunque esas ganas competían con el impulso de partir de Belfast hacia Alemania a ver a Otto. Desconocer que Hesse era un hombre atractivo, un cirujano de excelencia y un ser humano encantador, era ser una necia. Más que necia sería si siguiera enredada con un individuo que la tenía a los saltos como una marioneta.

Todos esos pensamientos los tuvo mientras se vestía para salir al escenario en el que la había puesto la vida. Se miró antes en uno de los tantos espejos de cristal biselado que estaban por todos lados. Esa casa era un derroche de riqueza, con solo mirar los aposentos que le asignaron. La imagen que vio era la de una mujer bonita, sí, bonita y atractiva, de equilibrados rasgos y altura de modelo, no siguió pues era un exceso para un ego no acostumbrado a tanto calificativo propio.

Abrió la puerta con sigilo y asomó primero la nariz y luego el resto. La cerró y sintió que el silencio dominaba el aire que suponía acondicionado. Bajó las escaleras con elegancia, daba igual si no la veía nadie. Vestía una pollera de media campana ni corta ni larga, la medida exacta para ser elegante, color rosa pastel y una remera escotada con recato, de un verde pálido con mangas que, desde el codo, se abrían en una campana apropiada, acompañaba el atuendo con unas chatitas de marca.

Al pisar la planta baja, una señora vestida de mucama, sacada de una revista de ricos y famosos, la saludó con un "buenos días", aunque fuera pasado el mediodía. Su sonrisa era muy amistosa.

—Señorita Lucía, el señor Colin la espera en el desayunador cubierto del jardín, en compañía de sus padres. Mi nombre es Isabel.

Esas solas palabras sirvieron para desubicarla en tiempo, espacio e intenciones. Estaba sola frente a una jauría que trataría de despedazarla. Si sus padres entregaron al hijo en brazos de su ex, no eran sus aliados, eran sus peores enemigos.

—Gracias, Isabel.

—La acompañaré, esta casa es grande y puede perderse. —Eso ya lo sabía, no hacía falta la aclaración.

Allí estaban los tres, sentados junto a una mesa redonda de carrara, en sillones hindúes de color rojo porfirio. Quedaba uno libre, seguramente para ella.

Antes de atravesar la distancia para acercarse, se dio coraje que sacó, no sabía de dónde, ya que los tres la miraron con ojos de vajilla sin párpados, y, ella, con voz segura y soltura en sus gestos saludó:

—Buenos días, si la hora lo permite, me alegro de conocer a los padres de Colin. Les pido disculpas por haber dormido más de lo políticamente correcto, pero estaba muy cansada por varios motivos.

Los tres se levantaron. El matrimonio Ryan la saludó con cortesía con un apretón de manos. Todo ceremonia y poca emoción. Se fijó que Colin estaba en duda sobre lo que debería hacer.

—No te molestes en saludar que hace pocas horas compartimos un viaje de vuelta desde Dublín —dijo burlona, él se puso más que rosado y volvió a sentarse.

—Siéntate, Lucía, por favor —pidió Ryan padre—, si pasó la hora del almuerzo no es problema pues podrán servirte lo que te apetezca.

Detrás de ella un mozo esperaba su pedido.

—Muchas gracias, solo tomaré café con tostadas y lo que tengan para untar. No quiero ser molesta.

—No lo eres —expresó Colin en tono conciliador y se pasó la mano por su cuello como para distenderse, antes de seguir—: al contrario, para mí es un placer tenerte en casa de mis padres y, por supuesto, puedes contar con ellos para lo que necesites.

—Hoy no estoy dispuesta a la tergiversación de términos que sabes usar. —Sus palabras sonaron claras y convincentes—. No es nada seguro que tus padres, sin individualizarlos, puedan generarme confianza ya que fueron cómplices de Lana para el encuentro a solas que tuviste con ella. Y quiero suponer —siguió con su alegato y taladró a Colin con su mirada—, que antes los pusiste en conocimiento de que tenías una novia o como me hayas denominado. Esta es la simple explicación de mi cabreo.

—Lucía tiene razón —dijo de inmediato Brian, ofuscado evidentemente con Fiona, al adjudicarle implícitamente la calidad de directora de toda la orquesta. Pero, aunque no fuera él quien manejara la batuta, no le quedó más remedio que hacerse cargo de su parte—, no hemos actuado bien y hemos presionado a Colin a hacer aquello que él no quería.

—Padre, no me defiendas que puedo hacerlo solo —dijo molesto, levantándose de su sillón para acercarse por detrás a Lucía y poner las manos sobre sus hombros en señal de que no estaba sola, pero al no estar en la misma sintonía, Lucía siguió con la ráfaga inicial.

—Gracias, Colin, pero tampoco necesito tu ayuda. Tengo mis planes y los he de cumplir le guste a quien le guste. De aquí me iré a Berlín en cuanto encuentre un vuelo directo de ser posible y en eso te pido colaboración. Además, quiero agradecer a Fiona y Brian por la hospitalidad. —Como tenía su desayuno servido procedió a beber el café, comer las crocantes tostadas y untarlas con una cantidad apreciable de delicias que se exhibían sobre la mesa.

Ni ella se reconocía al servirse sin preámbulos ni formalidades delante de tamaños espectadores. Por fin podía mostrarse como debió hacerlo hacía mucho, pero sus limitaciones, producto de un errado pensamiento sobre lo que era lo correcto y lo que no, se lo impidieron antes. Algo hubo en su educación para que ello sucediera.

Colin, asombrado por la actitud de Lucía, igual le daba la razón. Él procedió como un flojo dejándose llevar en la dirección trazada por sus padres; ya era grandecito para poder negarse a hacer aquello que no era de su agrado y, además de eso, el haber sido un bocón utilizando la verdad para dejar al descubierto la desafortunada intención de sus ascendientes. Pero ya todo estaba cocinado y tal vez hasta quemado.

—Lucía —dijo Fiona Kelly en búsqueda de un argumento coherente para evitar el duro juzgar de esa chica que, además de médica, parecía muy inteligente y de una franqueza total. Pero ella, como mujer y madre, se creía con derecho a decidir qué era lo mejor para su hijo, o tal vez para ellos, al usar a Lana como anzuelo para retenerlo en Irlanda—, no todo lo que dices es tan así. Como padres buscamos para nuestros hijos lo mejor y lo mejor está aquí en Irlanda.

—¿Ah, sí? Pues entonces yo tengo razón y mi futuro no está junto a esta familia que quiere torcer los sentimientos del hijo pródigo. Yo no tengo padres, pero ellos hubieran dejado que sea el corazón el que decida por mí, sin presiones, yo no soy un maniquí sin seso. Gracias por el desayuno y por haber podido descansar en un lugar tan agradable, como anfitriones: diez puntos. Ahora, Colin, te pido que me ayudes a buscar el vuelo.

Colin estaba en estado catatónico y no podía reaccionar. Así que hizo lo que Lucía le pedía sin chistar.

Encontraron el vuelo y a Colin poco le costó pensar el porqué de Berlín: Otto Hesse. En ese momento empezó a sentir temor y a pensar cómo recuperar a Lucía. Los celos empezaron a horadar su corazón y su mente. Odió haber viajado a Irlanda, a Otto Hesse, a Lana y a todo aquello que pusiera distancia entre ellos. Por ahora no iba a demostrar nada de lo mal que se sentía. Ya vería cómo y cuándo hacerlo. Para entonces, ¿sería tarde?

Lucía, ya en la fila de embarque, recordó que al saludar a la familia Ryan al completo no se detuvo en demostrar afecto. No se había dejado tomar de la cintura y, tiesa como una muñeca sin alma, permitir ser ubicada en el lugar que otros decidieran por ella. Era libre y así actuó.

Antes del despegue, o tal vez ya en el aeropuerto de Berlín, se comunicaría con Otto.

El avión aterrizó sin contratiempos en el aeropuerto Berlín-Tegel, luego de casi tres horas de vuelo. Sería la una de la madrugada cuando ya sentada en un taxi le indicaba al conductor que la dejara en el hotel Ritz Carlton. No le interesaba el precio. Se merecía estar cómoda en un lugar desde donde ubicar a Otto. Era tarde para hacer una llamada así que decidió descansar en la lujosa habitación que consiguió.

Más tranquila e instalada en el cuarto, hizo un racconto de todo lo que pasó desde su partida de Buenos Aires. Parecía un melodrama de engaños y traiciones de la TV, con ella como protagonista de otra desventura como tantas tuvo.

Su adorado Colin le había sido infiel con su exmujer. Ella no se tragó el cuento de que sus padres lo dejaron en brazos de la tal Lana. Tampoco se esforzó en dejarlo explicarse mucho más de lo que dijo, pues la bronca que le produjeron los celos al ver que otra lo abrazaba, aunque no los haya visto besarse, le quitó toda posibilidad de razonar con calma. Pero debía hacerse cargo de su decisión, si errada o no, ya lo vería. Otto era ahora su prioridad, no interesada sino necesaria para que un amigo adorable le ayudara a sobrevivir el desencanto.

Aún no sopesaba el giro que habían tomado los acontecimientos y lo lejos que estaba de Ryan. Antes de que la amargura y el arrepentimiento mellaran su corazón, decidió meditar antes de entrar en un profundo sueño.

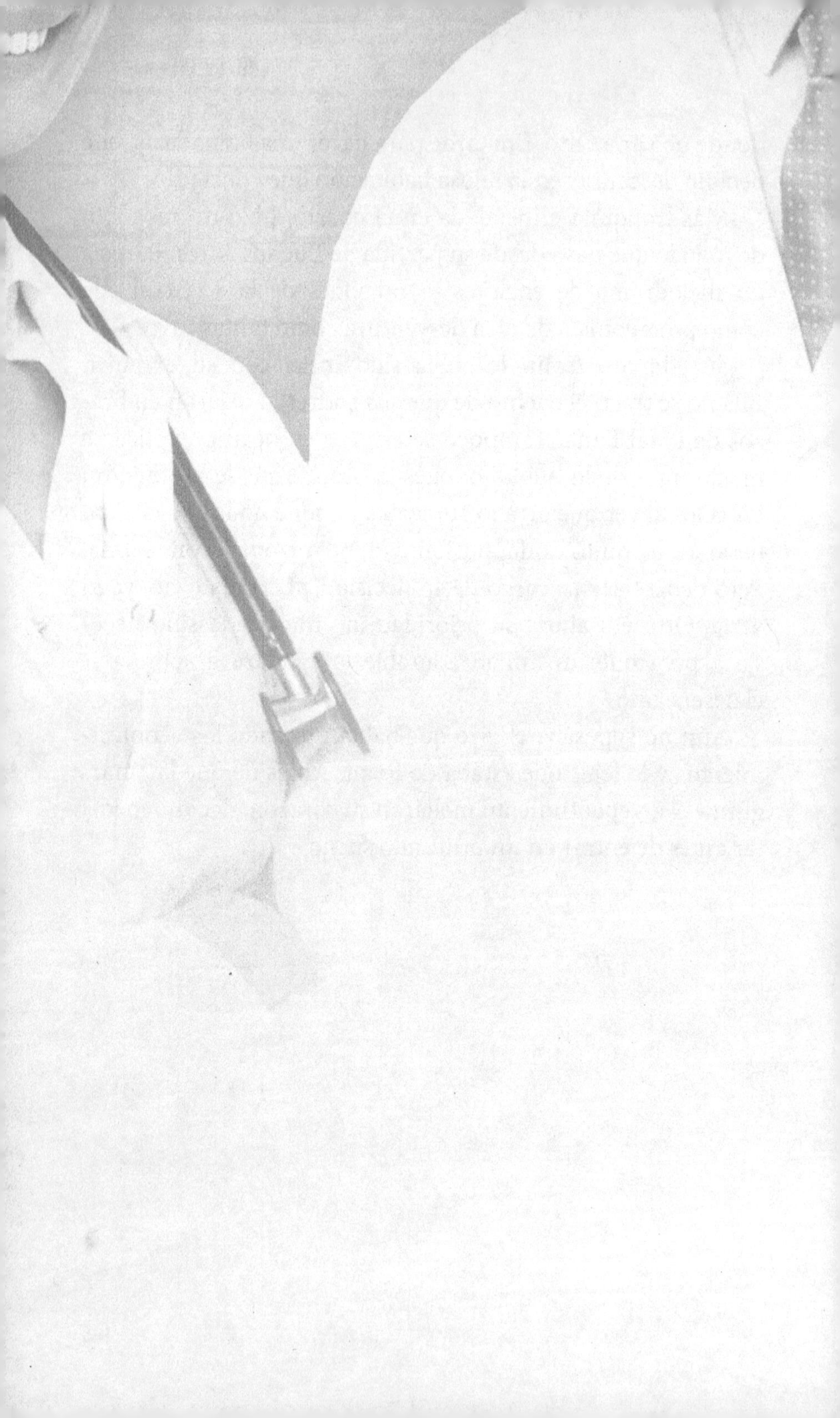

UN PASO DECISIVO

Al despertar dudó entre pedir el desayuno o bajar a la cafetería del hotel.

En vez de una llamada le envió a Otto un mensaje, indicándole el nombre del hotel y el número de su habitación.

Se dio una ducha y se vistió de elegante *sport*, ató su cabello con una gomita de azahares, que combinaba con el perfume que vertió en abundancia sobre su persona en una lluvia del exquisito aroma de esa flor.

Bajó en el lujoso ascensor y entró a la no menos lujosa zona destinada al desayuno. Era un *buffet* para servirse sola. Se ubicó en una mesa y, antes de darse cuenta, un mozo estaba dispuesto a atenderla. Le preguntó por la bebida. Pidió un té de camomila y se paró para mirar y elegir lo que le apeteciera.

Se sentía como una princesa ya que blanqueó su mente de todos sus infortunios y la llenó con la esperanza de recomponer su vida. «Asertividad, le dicen», pensó risueña. Y, de repente, sintió dos fuertes manos que la tomaban por la cintura y una boca cálida besó su cabeza, la rotó y ¡claro!, ahí estaba el hermoso y cariñoso Otto. Giró todo su cuerpo para enfrentarse a él y se dieron un abrazo demasiado efusivo para el lugar donde se encontraban.

—Mi tierna, dulce y amada, Lucía —dijo Otto, entrecerrando sus brillantes e inquisidores ojos verdes, indicándole que lo llevara hasta la mesa que estaba ocupando con un ademán cortés. Apoyó su brazo sobre sus hombros y dejó que ella lo guiara.

Por supuesto nada se sirvieron y ya en la mesa no le quitó la mirada de encima. Una mirada penetrante que la hizo ruborizar. Le respondió al mozo que le sirviera un café y empezó con las preguntas:

—No estás de paso, ¿verdad? ¿Qué te empujó a venir? ¿Acaso tienes problemas con Colin?

Con esa última pregunta quiso escuchar una respuesta afirmativa y no se sintió mal por ello. Desde hacía tiempo quería tener a Lucía a su lado y para siempre; ese era su mayor deseo.

Lucía no pudo contestar ninguna de las tres preguntas. En realidad, no podía esbozar ninguna respuesta. Todo pasó muy velozmente y no tuvo tiempo de procesarlo como hubiera sido razonable.

Actuó por impulso, venganza, celos, o todo junto. No estaba segura de nada, pero Otto no se merecía esa actitud bipolar que nada tenía que ver con ser una maníaca depresiva que, por supuesto, no lo era. Solo le servía como representación de un balanceo entre querer una cosa o la otra. Dejar definitivamente de amar a Colin para amar con igual intensidad a Otto. Pensar así era un absurdo propio de una mente desquiciada; entonces le buscó la vuelta y pasó a contemplar si podría intimar con él. Probar a qué sabían sus besos, cómo reaccionaría su cuerpo a sus caricias y si era posible que entre ellos hubiera una maravillosa conectividad sexual. No era tema para un desayuno entre amigos, como ella consideraba a Otto. Sin embargo, por algo lo fue a buscar. No era una quinceañera que podía jugar con los sentimientos de nadie y menos con los de un hombre como Hesse.

—Vine en busca de apoyo. Estoy fatigada, tratar de sostener mi relación con Colin es tarea de titanes, no para mí. Pasó a ser un sinsentido. Por una cosa o por otra no encuentro sosiego.

Lucía no se sintió bien con esa introducción, no era ni amigable ni clara para quien esperaba de ella definiciones, recordaba su último encuentro en Las Lomas y no olvidaba detalles de aquella conversación. Tras una honda respiración, continuó:

—Siento por ti cariño y admiración; eres protector y eso me hace sentir segura, pero no es suficiente para tener una relación. Podemos pasar tiempo juntos, te necesito como amigo, más no puedo ofrecer.

Otto sintió pena y no euforia. Adoraba a esta mujer que venía de un desencanto amoroso. No era la mejor situación para iniciar una relación de pareja como él pretendía, lo sabía, no obstante, no era imbécil. Ella esbozó la posibilidad de pasar tiempo juntos y la aprovecharía. Era hora de tomar decisiones que él necesitaba para no seguir con una ilusión que pudiera hacerse realidad en algún momento de esa convivencia sui generis. Inclinó la cabeza, apretó dos dedos en su entrecejo mientras pensaba cuántas mujeres hubieran querido tenerlo a su lado para siempre, y las rechazó al pensar en Lucía. Su vida sexual era activa y placentera sin llegar a conectar con nadie por ese motivo. Se reincorporó porque había perdido su erguida postura para responder:

—Estoy dispuesto y estoy para ti. —Lucía suspiró aliviada. y Otto continuó—: Te acompañaré a conocer Berlín e ir al hospital Charité donde paso bastantes horas todos los días, cuando no estoy en el exterior por congresos o conferencias. En un plis plas, arreglaré todo con mi equipo para estar libre para ti la mayor parte del tiempo que pueda.

Con esta invitación Otto consiguió recomponerse, sin perder aún sus ilusiones. A partir de ese momento pudieron desayunar casi en silencio.

Berlín tenía historia, arquitectura y sitios emblemáticos. Salieron a ver lo más próximo y luego lo demás. Lucía quería ver la puerta de Brandeburgo; parte del Muro, el búnker de Hitler para conocer el lugar donde pudieron ser concebidos los más aberrantes crímenes contra la humanidad o solo el último refugio del que ya le teme a su final como castigo a su locura. Y, por fin, entrar a la cafetería más popular de la ciudad a tomar un café con la tarta Sacher, aunque típica de Austria, no menos deliciosa en Berlín.

Otto la llevaba tomada de la mano casi un paso adelante dado el largo de sus piernas. De reojo lo miraba y lo veía feliz disfrutando de ese paseo enlazando sus dedos a los de ella, con fuerza y posesión.

Hesse disfrutaba el doble porque sus pensamientos sensatos eran desplazados por ilusiones eróticas que no dejaban de aparecer. Eso lo excitaba tanto que temía dejar ver lo que sucedía en su entrepierna, pero con la caminata se disimulaba muy bien. Su casa no estaba lejos del hotel donde ella se hospedaba y pudieron pasar para que ella la conociera.

La vivienda tenía dos plantas completas en la zona Mitte, frente al río, era un edificio moderno que ocupaba toda una manzana. Si bien contaba con servidores, estos ocupaban parte de la enorme planta inferior. La decoración minimalista tenía un encanto superlativo. Un enorme balcón terraza daba sobre el río y era difícil de abandonar sin antes sentarse en sus cómodos sillones. Lucía estaba admirada de todos los detalles.

Otto nunca había sentido tanta adrenalina recorrer su cuerpo como en aquel momento, ni siquiera en el quirófano cuando estaba a punto de hacer la primera, y certera, incisión en el paciente. Estaba tomando las palabras de Lucía como una oportunidad. por lo que dejó de cuestionarse aquello que pudiera alejarlo de su sueño. No lo invadía temor alguno en esas ocasiones pues estaba tan seguro de su habilidad como cirujano, como de su capacidad amatoria. Su experiencia era vasta y el amor que sentía por Lucía no necesitaba, siquiera, de esa experiencia. Nada para él era más placentero que hacer el amor con la persona que, realmente, amaba desde que la conoció en el congreso. Ser médico le daba una idea cabal de cuáles eran los resortes que debía tocar para que ella tuviera una vivencia sexual única, olvidaba que debía darle tiempo, intentando acallar sus impulsos, sugirió tomar algo en el *office*.

Al registrar el cambio de Otto, decidió ser más precisa. Su sentido común le indicó el sendero a tomar y lo hizo como ella sabía hacerlo: sin vueltas. Otto entendió que un fuerte sentimiento afectaba a Lucía y esperó paciente a que ella se expresara.

—Querido Otto, el perfecto sentido que le doy a la palabra “querido” es: dilecto, venerado y reverenciado amigo.

Esta última expresión, hizo que Otto frunciera su ceño y volviera a hacer su habitual gesto de unir su pulgar e índice para tomar el puente de su nariz y cerrar sus ojos. Evidentes signos de que su desolación no tenía barrera de contención, mas hizo un esfuerzo.

—Continúa, Lucía, no me hagas desesperar más.

—No lo haré. Seré lo más clara posible para despejar dudas, ilusiones y buenas intenciones. Te propuse pasar tiempo juntos, imaginando, en el caos que es mi cabeza ahora, que quizá algo podría cambiar entre nosotros, pero no puedo hacerlo, al menos no pensando es esa dirección y no porque no te estime, sabes bien lo mucho que te quiero y te distingo. Sin embargo, querer no es amar, no lo es en mi caso, porque sé que estoy enamorada de otro hombre a quien no puedo quitar de mi corazón. Esto es una incoherencia si pienso que hemos roto nuestra relación, sin embargo, esta disolución del vínculo que lo siento como definitivo, no da para darnos esperanzas de posibles relaciones de futuro. Eso nos haría daño a ti y a mí. El amor no surge con solo buenas intenciones, es algo más profundo e indescifrable que se da o no se da. Es un sentimiento que involucra muchos indicadores que señalan su existencia. No soy poeta para ponerlo en palabras idílicas, este es mi sentir y te hago partícipe de él, porque eres mi verdadero amigo, de esos que puedes tener una sola vez en la vida y no quieres que te abandonen nunca. Mi afecto por ti es sincero y no quisiera perderte.

Lucía se enjugó las lágrimas que caían sobre sus mejillas con la punta de sus dedos y se sorprendió cuando Otto pasó sus palmas ahuecadas por sus mejillas para ayudarla, mientras le sonreía con ternura. Ese gesto no lo esperaba, pero solo con esa señal se dio cuenta de que Hesse era un ser extraordinario.

—Si te dijera que me siento emocionalmente bien, te estaría mintiendo. Me siento fatal y, sin embargo, estoy admirado de tu entereza, de tu valor, honestidad y de tu sana costumbre al tratar de no causar daños más profundos si está en tus manos evitarlos. Tu total desinterés de sustituir un hombre por otro para evitar la soledad o un bienestar pasajero, hablan de tu pureza. Solo buscas lo mejor para tus amigos y yo me considero desde este momento tu mejor amigo. Otra cosa no me queda por hacer pues sería remar contra la corriente. —Hizo una pequeña pausa y continuó—: Yo sí te amo y, como dices, es una emoción que no tiene explicación ni descripción, pero se siente. Trataré de sublimarla con mi trabajo, que sabes cuanto de bueno tiene para mí, y tener contigo una fluida comunicación presencial, o por las vías posibles. Puedes permanecer en Berlín el tiempo que quieras y yo estaré a tu lado, incluso si quieres mudarte a mi casa, puedes hacerlo y estaré feliz. Eres parte de mí y estarás conmigo en el lugar que fuere

Lucía se levantó, se puso a su lado y lo abrazó con fuerza por su cuello, mientras besaba su sien, con la ternura que él le producía. Otto tomó sus manos, las besó con devoción y, como un suspiro, susurró:

—Todo puede cambiar para ti.

Fue sincero porque confiaba que Colin no era un pelele. Lucía no percibió más que un suspiro profundo.

Todo estaba aclarado entre ellos, Lucía decidió quedarse en casa de Otto, mientras Donovan no le dijera que sus vacaciones habían terminado.

XIX

COLIN EN BELFAST Y UN VIAJE

Colin estaba desolado además de iracundo. No podía enojarse con sus padres por el esfuerzo excesivo, y contraproducente, que tuvo que hacer para cumplir los deseos de ellos, sin pensar en otra cosa.

Pero no quería quedarse un minuto más en su casa de Belfast. Quería ir a buscar a Lucía, no se resignaba a perderla; ambos tenían razón: él no le fue infiel ni con el pensamiento. Ella no lo entendió así y partió sin esperar más explicaciones, y sin poder reconciliarse. Era cierto, ella se había esforzado al ir a Irlanda a darle una sorpresa y la sorprendida fue ella cuando se encontró en el lugar y en el momento menos esperado, que a simple vista era una traición.

Eso lo decidió, las cosas debían ser aclaradas cuanto antes para evitar que fuera demasiado tarde y se hicieran humo sus esperanzas de volver a estar unidos por tantos lazos que aún no estaban cortados. Eso quería pensar, no otra cosa.

Armó su pequeña valija y su mochila, y partió rumbo al aeropuerto sin despedirse de nadie. Eso sí, dejó una nota en el piso, frente a la puerta del dormitorio de sus padres donde podía leerse:

Queridos mamá y papá,

He decidido partir. No me mueve ningún otro motivo que el de ir en busca de Lucía que es la mujer que amo. Me mantendré en contacto y cuando pueda volveré a visitarlos. Los abrazos porque también los amo.

Colin

Escribir la nota lo hizo sentir bien, no quería, de ninguna forma, que sus padres se vieran afectados por sentir que él los culpaba por algo. Eso no lo haría. Con virtudes o sin ellas, eran quienes lo habían formado y no sentía que lo hubieran hecho tan mal.

Ya en el aeropuerto consiguió un pasaje a Berlín en un vuelo que saldría en una hora. De acuerdo a sus cálculos, estaría arribando el aeropuerto con diferencia de una hora más que la de Irlanda, por lo que calculaba estar en el centro de esa ciudad a las cuatro de la tarde.

Llevaba la dirección de Otto en su celular y sabía cuál era el hospital donde habitualmente trabajaba. Lo encontraría. No sabía cuál era el hotel donde se alojaba Lucía, así que a través de Otto la podría ubicar, y si no, lo tenía a Donovan de guía a la distancia.

Fue un vuelo tranquilo, quien no lo estaba era él. Era más difícil de lo pensado, aunque en realidad no se detuvo a evaluar nada antes de embarcarse en ese viaje. Su instinto lo llevó a realizarlo.

Ya estaba frente al edificio donde Hesse vivía, que daba al río Spree. «¡Qué ubicación fabulosa en una ciudad como Berlín!», pensó sin más.

Sabía que era un pent-house en doble planta. No pudo tocar el timbre pues una mano lo tomó del codo y, al volverse, vio al mismísimo Otto con una sonrisa y unas palabras dichas en tono cordial:

—Hola, Colin, me alegra verte. Pensé que vendrías a casa. Bienvenido.

Colin se quedó de una pieza por el asombro que le causó el recibimiento. Si no le hubiera dicho Colin, hubiera pensado que se equivocó de persona. Lucía tal vez no estaría en Berlín y lo había engañado. Se recuperó y con la mejor sonrisa que pudo lograr dio un paso atrás para decir:

—Me sorprendes —Otto lo miró con sorna y mientras abría la puerta indicándole, con un gesto amable, que pasara antes que él, Colin lo hizo y agregó—: sinceramente vengo a Berlín en busca de Lucía, pero verte de ese talante, me hace pensar que me equivoqué y ella no está en esta ciudad.

—Me alegra que me veas de buen talante, pues lo estoy. Esta caja que traigo es de una confitería donde preparan las mejores tortas de todo Berlín, y qué mejor oportunidad que podamos disfrutarla juntos, los tres.

Colin sintió el impacto de una puñalada en pleno pecho. Bajó la cabeza para tratar de concentrarse y pensar qué debía esperar a continuación, pero enseguida se irguió como un gallo de riña y encaró a Otto con voz grave y tono severo:

—¿Qué significado tiene eso de juntos, los tres? O es una tomadura de pelo o una gracia de mal gusto. Perdona por adelantarme, tal vez me equivoco y tienes esposa o una novia que te está esperando…

—Ni lo uno ni lo otro —replicó Otto, antes de descender del ascensor y pasar al *hall* de su piso—. Es Lucía quien me está esperando —añadió, y miró a Colin pues no quería perderse ni un ápice de su reacción. Lo vio dar un giro sobre sí mismo para volver al elevador de forma apresurada. Pudo, con un rápido reflejo, tomarlo fuertemente del brazo y decirle—: No te creí cobarde y espero que no me decepciones.

Con estas palabras, Ryan se detuvo en seco para decir con furia:

—Tu actitud me llevará a cometer un acto de violencia. ¡Suelta mi brazo y explica!

—Ok —dijo Hesse sin perder la sonrisa, aun cuando sentía el enojo de su oponente—, entra y verás qué te puede esperar.

Colin perdió toda su compostura, empujó a Otto, que pudo mantenerse firme tratando de que la torta no sufriera daño, y entró con paso firme y a voz en cuello gritando su nombre:

—¡Lucíaaaa!... —Su voz sonó desesperada y ella, que estaba en el balcón, apenas pudo oír el grito pues la distancia era grande. No obstante, se levantó y corrió a través del *living.* Al ver a Colin se quedó plantada en el lugar, aunque desesperada por correr a sus brazos. No lo tuvo que hacer, él se adelantó y la apretó contra sí en un abrazo que lo decía todo.

Mientras tanto Otto entró con la torta que puso sobre una mesa para evitar un desastre, y regresó al amplio pasillo de entrada a recoger la mochila y el carrión, que introdujo como pudo. Al ver la escena romántica, sin hacer ruido se fue al *office* a preparar el té. Era un decir, el personal había dejado todo preparado y a su pedido se habían retirado por el día de hoy. Se imaginó, luego de las sinceras palabras de Lucía, que Colin vendría. No era un augur. Era un ser sensible con una inteligencia superior y razonar lo hacía llegar a vislumbrar situaciones posibles sin siquiera proponérselo.

Otto se acercó, no demasiado, a la pareja, en el momento en que estaban sentados contemplándose, para informarles que lo disculparan porque había recibido una llamada urgente y debía presentarse en el hospital. Les comentó que el café, té, o lo que desearan beber, estaba preparado para ellos juntos con la torta. Tomó su saco que colgaba en un perchero disimulado a la entrada y se retiró.

Todo fue una farsa para dejarlos solos. No es que estuviera feliz. Lucía había roto su corazón, pero el amor se da sin normas. No es un juego de ajedrez donde debes pensar cada movida para llegar al jaque mate y sus reglas son estrictas. Aquí no había piezas que acomodar para ganar, ni pensar mucho y acertadamente. Este juego empezó porque él quedo prendado de Lucía y ese flechazo en Londres se transformó en amor con el sello del "para siempre" sin habérselo propuesto. Era afortunado, amaba su profesión y al arte de curar, y eso no dependía más que de su propia fuerza. Afortunado también era Colin, y se alegraba por ello, aunque su errática conducta en algún momento puso en peligro la relación. El episodio de Dublín él lo desestimaba por entender que los celos de Lucía, la llevaron a montar la obra de teatro que creyó realidad. Una mujer como ella era para felicitar por su entereza. No la pasó bien desde el momento de perder a sus padres y luego vino el resto que él conocía al dedillo. Si hubiera seguido con ella, sus miedos se hubieran esfumado y como anestesista que conocía todos los resortes para mantener con vida a un paciente, no hubiera dejado que se perdieran en la nada.

Caminando llegó a un restaurante especializado en pescados, ubicado frente al río y volteó la página del menú para salir de sus mudas e inútiles ponderaciones.

ACLARACIONES Y DECLARACIONES

Después del abrazo y de sentarse juntos, se miraron como si se estuvieran reconociendo poco a poco. La felicidad venía unida al asombro y la duda.

Lucía pensó que venir en su busca no era un detalle nimio. ¿Qué impulso lo trajo? ¿Tal vez era querer recomponer una amistad y no estaba muy lejos Irlanda de Alemania como para impedir el esfuerzo?

Con Colin no tuvo suerte, siempre tuvieron dificultades e interrupciones en su relación, pero ella nunca dejó de amarlo. De eso no tenía dudas, más aún, por un amor incierto fue capaz de transformar el amor de Otto por ella en una genuina amistad.

A él le preocupaba la relación que pudiera tener con Otto. La encontró en su casa y ese era un dato preocupante. Alguno de los dos debía decir algo pues solo contemplarse no los llevaría a ninguna conclusión.

Las mujeres tienen un valor que sacan de no sé qué pliegue de su mente para enfrentar lo que sea. Y eso que Lucía no era madre, sin embargo, pudo usar ese valor de la hembra por defender a sus crías.

—Aún estoy gratamente sorprendida al verte y estar cerca de ti, por lo menos físicamente, no sé si en lo emocional. La última vez que nos vimos tuve una actitud altanera, lo reconozco, pero fue el producto de la connivencia entre tus padres, tu ex y tu falta de argumentos para demostrar no ser cómplice. Así lo viví y así lo sentí, y siento. Si no somos sinceros no podremos llegar a ningún puerto que hayamos fijado como destino. —Lo miró como para no perder ninguna de sus expresiones, pues la gestualidad a veces es más clara que las palabras.

—Si bien vine en tu busca, y de eso no tengas dudas, el sorprendido soy yo al ver que convives con Otto… eso no lo esperaba. Tuve mis temores de que algo pudiera darse entre ustedes, pero traté de evitar la representación visual de ello pues eso acabaría conmigo. Reconozco que es un hombre muy atractivo e inteligente, pero yo no compito con él pues siempre estuve seguro que, pasara lo que pasara, tú seguirías siendo mi pareja. Eso nadie me lo quita de la mente. —No le costó decirlo y se acercó un poco más a Lucía, le tomó la mano y sobre su palma con el dedo pulgar comenzó a trazar círculos—. No sé qué piensas tú —dijo por fin.

Lucía disfrutaba del contacto, sus palabras le demostraron que él la amaba y tuvo oportunidad para referirse a Otto.

—Otto es un amigo de verdad. Sientes que puede serlo quien quiso ser algo más y, no obstante, pudo entender mis razones del porqué no podíamos formar una pareja. Obvio que apareciste tú como el dueño de mi corazón, aunque estábamos separados. Nunca te engañé ni lo haría con nadie.

A pesar de lo mucho que le dolía reconocer que Otto estaría sufriendo, Lucía no iba a sabotearse y postergar más su decisión de reencausar su relación con Colin, si él pensaba lo mismo.

Colin se paró y caminó con sus manos apoyadas en su mentón, de un lado al otro como si tuviera que salir de una encrucijada y volvió a sentarse; ya no solo le tomó la mano, sino que pasó su brazo por su espalda, la apoyó en sus hombros y con la otra le levantó el mentó para mirarla fijamente a los ojos.

—No fui convincente para ti cuando te dije que fue un mal entendido. A Lana no tuve más que reiterarle que no la amaba y que lo nuestro había terminado hacía mucho tiempo. Que se olvidara de mí, pues mi corazón tenía una dueña argentina que eres tú. Se resistió como si no tuviera dignidad e insistió en que mi lugar era Irlanda y no el fin del mundo, donde elegí quedarme. Y llegaste en el momento de ver lo que te pareció una infidelidad y que solo fue una cruel despedida para ella. Aquí estoy y no me iré a ningún lugar si no es contigo. —Lucía, por respuesta, apoyó de nuevo su cabeza sobre el hombro de Colin y con su mano tomó la de él que colgaba de su hombro y se acurrucó por una imperiosa necesidad de hacerle sentir que lo necesitaba con ningún otro fin que el de estar juntos. Colin le acarició la cabeza, olió el perfume de su cuello y de su pelo que tan bien reconocía y, sin mucho discurrir, continuó—: Creo que es hora de irnos a tu hotel. Y si no lo tienes, buscaremos uno. A Otto le dejaré una nota antes de irnos, como corresponde, además siento necesidad de hacerlo.

Lucía asintió con la cabeza y depositó un beso suave en sus labios y sobre ellos pronunció:

—Tengo una habitación en un hotel no muy lejos de aquí, pidamos un taxi, pues tú tienes equipaje y yo algo que llevar también. No perdamos tiempo y pongamos la torta en la heladera —señaló, y se levantó a hacerlo, también a buscar una hoja donde Colin pudiera escribir una nota. Antes de que empezara a escribir, Lucía lo dejó solo.

Colin se ubicó en el *office* y escribió:

ESTIMADO OTTO,

GRACIAS POR CUIDAR DE LUCÍA; NO SOLO ERES MI AMIGO POR CARÁCTER TRANSITIVO, LO ERES PUES TU HOMBRÍA DE BIEN ES SUFICIENTE MOTIVO ENTRE MUCHOS OTROS, PARA QUERER SERLO. ESPERO RECIPROCIDAD. UN ABRAZO Y ANTES DE PARTIR DE BERLÍN NOS HABLAMOS. DESDE YA PUEDES COMPARTIR LOS MOMENTOS QUE QUIERAS Y DÓNDE QUIERAS, EN EL LUGAR EN QUE NOS ENCONTREMOS.

COLIN

Mientras bajaban del taxi que los acercó al hotel, Colin sentía un gran alivio y Lucía estaba encantada. Debían hacer los planes para viajar cuanto antes a Las Lomas a retomar sus vidas de trabajo y de pareja, sabían que ese era un sueño compartido.

En el hotel pudieron hablar del regreso sin olvidar detalle. Colin sugirió que debían vivir en su casa. Que el trabajo que les esperara lo harían sin ocultarse ni siquiera fueran dudas. Que no se preocupara por sus padres, que volverían a acercarse, porque los conocía. Lucía aportaba lo suyo dando vueltas para no adelantarle sus más íntimos deseos. Y todo el encuentro sirvió, incluso, para tener esa intimidad tanto tiempo postergada, que la hizo inolvidable. Fue en Berlín, en un hotel de lujo, sin apuros y en un reencuentro que esperaban definitivo.

Hubo aeropuerto, vuelo y por fin el aterrizaje en Ezeiza. Para llegar a Las Lomas lo hicieron en *remise*. Sin ni siquiera intercambiar palabras, supieron que el hogar era la casa de Colin.

Habían dejado atrás una gran experiencia de vida, y esa noche de pasión que disfrutaron en el hotel, donde no hicieron falta palabras, marcaron un antes y un después.

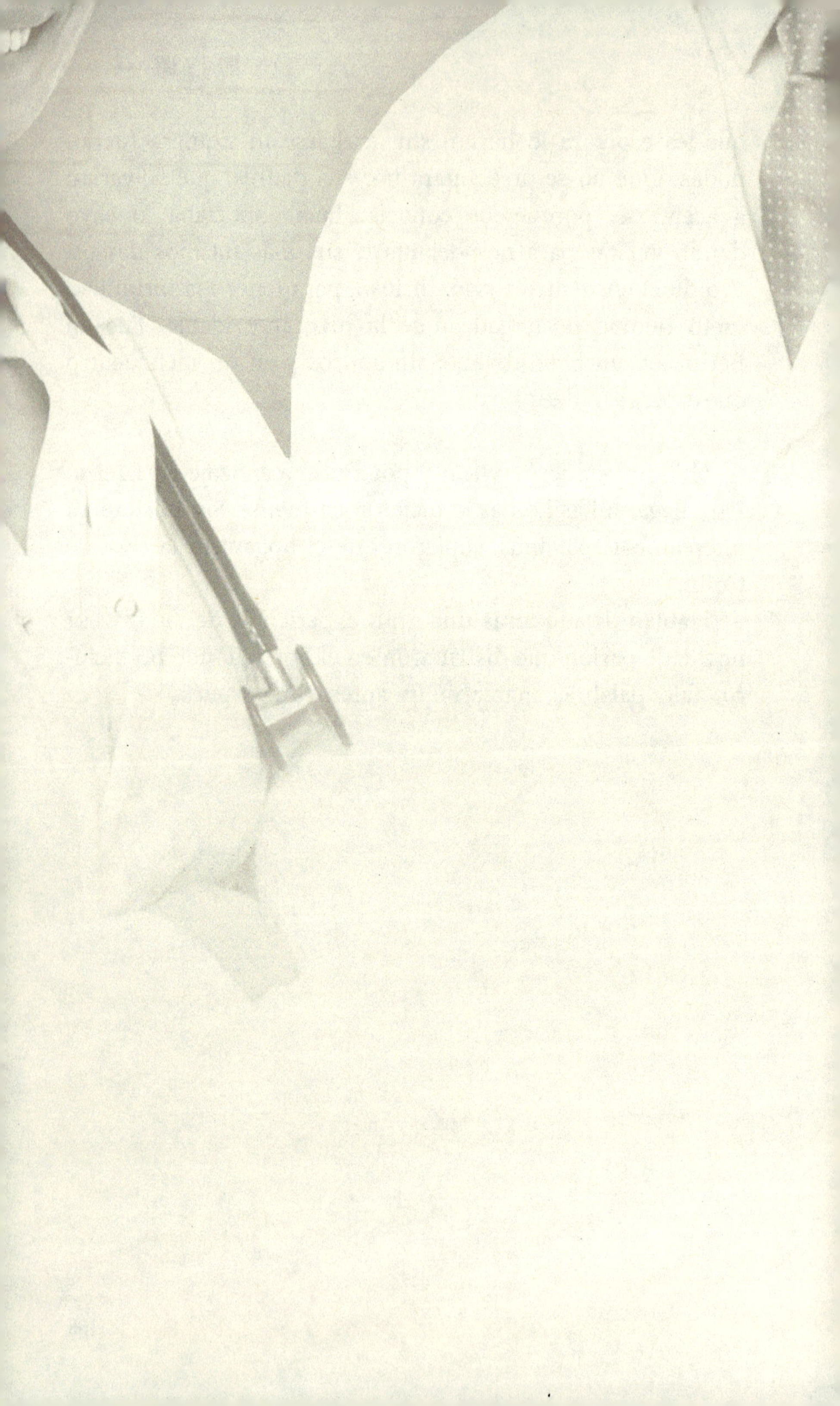

XXXII

LAS LOMAS

No hablaron en ningún momento sobre cuánto tiempo más Lucía seguiría con su trabajo de instrumentadora. Colin no quería enfrentamientos inútiles. Ahora que la conocía bien, la toma de decisiones sobre el tema, dependía de ella.

Lucía se sentía bien con la tarea de ayudante quirúrgica. Participó incluso en varias operaciones exitosas que realizó Colin. Se movía como pez en el agua. Solo cuando miraba al anestesiólogo controlar al paciente de turno, sentía una desazón propia de haber sufrido una pérdida, de que algo en ella había sido amputado, lo padecía en silencio, sin demostrarlo.

En cuanto a la relación, el ardor sexual y convivencia armoniosa se mantenían intactas. Salían a comer con Laura y Jorge Alvarado, que aún vivían cada uno en su casa y eso que ella estaba embarazada. Un sinsentido. Pero era un problema de ellos que ya resolverían. También salían a disfrutar de paseos con los médicos y sus familias o se visitaban en casas.

Una mañana en que Colin debía intervenir a una paciente joven por un tumor con aspecto definido que era necesario extirpar, se enteró que el anestesista que lo iba a asistir estaba internado por una lesión en un pie. No tuvo más remedio que hacérselo saber a Lucía en el desayuno. Debía buscar un sustituto de inmediato pues la operación estaba programada para las tres de la tarde.

En un momento, entre llamada y llamada, Lucía se retiró de la mesa en busca de una bebida, mientras él se comunicaba con varios médicos. El que no podía por superposición de horarios estaba de viaje o inubicable. Habló con Donovan para ver qué hacer y este, sin pelos en la lengua, le contestó:

—Doctor Colin, ¿es usted corto de vista o qué? —le hablaba como si tuvieran una relación distante—. Tiene seguramente a su lado o frente a usted, a la mejor y más capacitada anestesista y ¿no se da cuenta o no quiere reconocer su capacidad?

Colin carraspeó y casi se ahoga con un sorbo de café. Ese hombre estaba loco o no recordaba la negativa de Lucía a regresar a su especialidad. ¿Cómo él le iba a plantear semejante idea sin entrar en una discusión que no quería tener?

—Mirá, Donovan, ya me cansaste con tanta formalidad. Te pasaré el teléfono para que seas tú quien se lo plantee.

Dicho lo cual, entregó a Lucía el inalámbrico, en el momento en que ella regresaba con un jugo de naranja y no tuvo más opción que tomarlo sorprendida.

—Sí, Donovan, no sé sobre qué tengo que conversar repentinamente con usted.

—Querida mía, la única que hoy puede ayudar a salvar una vida eres tú que deberás actuar como anestesista; un no de tu parte es imposible por tratarse de una cuestión de vida o vida.

—¡Donovan!, ¡qué molesto eres, además de perverso! —comentó en tono amistoso—. Por supuesto allí estaré. Puedo protegerme como lo hice hasta ahora porque nada hubo que me motivara a cambiar de actitud. Soy una médica con la especialidad que necesiten, primero está la salud del otro, antes que mi propia sensibilidad. Cuando hice el juramento hipocrático lo hice a conciencia. Un abrazo, amigo.

Se acercó a Ryan y lo abrazó con el alma, además de usar sus brazos con fuerza.

—Doctor, yo seré quien cuide la vida de su paciente mientras usted usa el bisturí o el aparato que fuere, para penetrar en ese lugar sagrado que es el cerebro. No voy a dejar ni a usted ni a su paciente sin asistencia.

Colin se levantó en el acto, lo que hizo caer de espaldas a Lucía que quedó en la misma posición que aquella vez en la gasolinera, sin embargo, ahora era diferente: la amaba. Se acercó a ella y la ayudo a incorporarse mientras se reía sin disimulo.

—Ya no necesitas seducirme cayendo con las piernas en alto y dejando ver lo más oculto. Solo dime que estás íntegra.

—Sí, Colin, ¡qué interesado eres! Más te preocupo ahora como médica que como tu amante. —No era la palabra indicada, por ser libres de compromiso con terceros, pero quedaba perfecta.

—No digas necedades. Ya sabía yo que la posibilidad de trabajar juntos nos traería discusiones. —Colin trataba de no reír por el recuerdo del histórico despatarro.

—No seas tontorrón. Salvo el huesito dulce que me duele un poco, estoy completa. Solo veo que tu punto de vista ha cambiado y en vez de mirarme como mujer lo haces pensando en la anestesia.

—Ja, ja —vocalizó Colin—. Te das cuenta de que la tonta eres tú que mezcla todo. Si no aprendes a diferenciar no vamos por buen camino.

—Está bien, tienes razón, me excedí.

Dicho lo cual Colin la abrazó con fuerza y la elevó para sostenerla entre sus fuertes brazos.

—Mi amorosa diosa del sexo, la felicidad que me da saber que te pones al frente de tus miedos es tan poderosa que creo que voy a estallar de emoción. En realidad, nunca pensé que te animaras y el que lo hayas decidido, me hace sentir que esperar es lo que debí hacer y lo hice, que no tenía que empujarte contra viento y marea a tomar una decisión. Las cosas maduran solas, como la naturaleza lo indica en todos los órdenes.

Y llegó la hora de la verdad. Estaban todos en la sala de cirugía con la paciente ya en la camilla bajo las luces. Cada uno en su puesto. Y la que empezó todo fue Lucía que se acercó cariñosamente a decirle qué es lo que haría para que no se diera cuenta de nada de lo que el cirujano haría para que ella saliera sana y salva de este episodio. Cuando despertara lo recordaría como una experiencia más de vida.

Colin la observaba mientras le hablaba y lo inundó una ternura infinita por su mujer. Miró a la joven paciente que le sonrió y levantó su dedo pulgar en señal de que entendía muy bien que, gracias a sus palabras, sus vibraciones por la adrenalina habían disminuido para sentirse en calma.

Todo se hizo con perfección y sincronización. La anestesia estuvo a la altura de la mejor práctica y el cirujano se lució extrayendo un tumor que, a todas luces, parecía benigno y eso se podía deducir al haberlo podido extirpar limpiamente. Igual lo harían analizar por protocolo.

Terminada la tarea, Lucía se quedaría al lado de la paciente para controlar su despertar.

Miró a Colin que salía y se guiñaron un ojo en señal de celebración. Celebración porque consideraban que toda la operación fue exitosa y que Lucía había retomado lo que era suyo por habérselo ganado.

XXXIII

EL VIAJE

Todo parecía encausado, hasta que Colin volvió a ser llamado a Irlanda por su padre. Esta vez adujo la necesidad de su firma para traspasar la totalidad de las acciones de la empresa a su nombre. ¿Cómo tomaría Lucía esta ausencia o tal vez debería acompañarlo? Creyó que eso sería lo mejor para evitar complicaciones a su relación y además que sus padres sintieran que ella era definitivamente su mujer. Ella entendió sus motivaciones y accedió a acompañarlo. Evitar la distancia era su mayor deseo, el otro, era ganarse el corazón de los Ryan. Colin no dudó en parar en casa de sus padres, que también consideraba suya, y Lucía no tuvo inconvenientes en aceptarlo. La realidad que encontraron era muy diferente al relato que usaron para convocarlo. Su madre estaba internada en el hospital por una disfunción seria en su corazón. Se trataba de una estenosis de la válvula aórtica, que debía ser reemplazada. Colin sintió que no podría operar a su madre y, si bien no era su especialidad, era competente para hacerlo con cualquier otro paciente, pero no con su madre. Debían decidir con rapidez y elegir al mejor cirujano; enseguida pensaron en Otto. Colin lo llamó en el acto y le explicó en pocas palabras todo. Luego de responderle que su presencia era insegura en cuanto al día y la hora en que podría trasladarse, pidió hablar directamente con Lucía, disculpándose con Colin.

—Sí, Otto, te escucho, dime.

—Confío en tus buenas intenciones y en tu capacidad. Tú deberás operar a la madre de Colin. Estás en el lugar, tienes los conocimientos y la práctica —se decidió a no parar hasta dar todas las indicaciones—. Sugiero que sea una intervención por TAVR o TAVI. Deberás entrar a la aorta con el catéter por la vía transfemoral o accediendo por la vía transaórtica. Luego de examinar los estudios y constatar que es una vía libre. Así llegarás a la válvula desde arriba y la suplantarás cómodamente. Si la paciente es joven y sana, te sugiero la vía transfemoral que es la menos invasiva —Otto consideró suficiente información, pero aún no había terminado—. A la hora en que estés por introducir el catéter yo estaré contigo a través de los auriculares que te pondrás y estaré atento a lo que necesites.

—Gracias, Otto, te has pasado de inspiración. Me has dejado en la arena como a un gladiador. Abrazo. —Y cortó.

Lucía tomó a Colin por el codo y le explicó que ella sería la cirujana y como debía haber otro colega con ella, uno sería él y el otro le daba opción de elegirlo.

—Tenemos tiempo hasta mañana para ver si tengo todo lo que hace falta en estudios realizados, encontrar la válvula del diámetro justo, la más moderna y durable, y los catéteres lo más delgados posibles. Estoy pronta en cuanto a mi decisión de hacerlo. El lugar me parece correcto ya que es un hospital privado y me ha parecido el equipo médico y de ayudantes, impecable. Tengo un sexto sentido para darme cuenta dónde estoy parada.

Colin no supo ni pudo contestar, en ese momento debía colaborar con todo lo que fueran los preparativos y la revisión de todos los estudios, encontrar los elementos más modernos para este tipo de cirugía y cerciorarse si la clínica contaba con los aparatos necesarios para hacer la práctica de reemplazo valvular percutáneo, TAVR. Aún no podía creer en el valor de Lucía cuando el resultado podría afectarle de manera muy cercana. Se trataba de su madre, pero Otto supo darle coraje como pudo comprobarlo pues vio el brillo en los ojos de Lucía que denotaban decisión y firmeza. Esa era la diferencia y uno de los tantos motivos para terminar con Lana en su momento.

Llegó el momento de actuar. Todo estaba bajo control en cuanto a la aparatología, los estudios, la edad y la calidad de salud de la paciente. Lucía no la consideraba como la mamá de Colin, sino una persona que necesitaba de ella para vivir y mantenerse bien sin limitación de tiempo. Por eso, antes de que la trasladaran de la habitación al quirófano, la fue a visitar y lo hizo a solas.

Tocó con sus nudillos la puerta para anunciar su ingreso. Entró con una sonrisa y miró a Fiona entretenida con la televisión. «Buen índice», pensó.

—Buenos días, Fiona. Me da gusto verla entretenida.

—Hola, Lucía, sabía que estabas aquí, me lo dijeron Brian y Colin. Creo que hasta me pareció entender que tú serás la cirujana.

—Es cierto. Seré yo con mis colaboradores; quédese tranquila pues le diré, sin falsa modestia, que haré muy bien mi trabajo para que usted quede perfecta —dijo convencida y segura de sí misma, aunque no fuera su estilo expresarse con pedantería, en este caso era necesario para dar confianza a Fiona.

—Estoy tranquila si eres tú quien me opera. Puedo ser celosa, pero no tonta —comentó, la tomó de la mano y con los ojos brillantes le hizo un guiño.

—En poco rato la prepararán para llevarla al quirófano. Por cierto, Colin estará presente y hemos esperado la llegada desde Las Lomas del cardiólogo Juan Iglesias, y de quien será su anestesista el doctor Max Spencer. Como verá, estará rodeada de amigos.

—Gracias, todo saldrá bien porque yo estoy motivada para que así sea.

Lucía salió de la habitación y ya las enfermeras entraban a prepararla.

Era el momento de comenzar. Antes de entrar a la sala preoperatoria habló con Otto, le agradeció por sus instrucciones y lo desligó de estar conectada a él asegurándole que se manejaría bien. Sería el primero en conocer el resultado. Se bastaba a sí misma, consecuencia de tener incorporados todos los conocimientos teóricos y prácticos para desenvolverse sin más ayuda que la necesaria en estos casos. También se acercó a Colin y lo miró con especial atención para hacerle entender que lo haría, y daría, todo por él.

Entró al quirófano, saludó a todos con un movimiento de cabeza y empezó con la práctica de la introducción del primer catéter de ubicación transfemoral que subió hasta quedar dentro del ventrículo izquierdo. Lo usó como guía del siguiente catéter que llevaría la nueva válvula de sustitución, sin necesidad de que ingresara previamente balón de apertura de la válvula por considerarlo innecesario. Veía, exactamente, el curso de todo el trayecto y una vez que le introdujo la válvula en el lugar exacto, insufló el aire para su apertura y encajó perfectamente, apretando la válvula estenótica. La estenosis no era severa. Una vez quitado el catéter, y luego su guía, la incisión femoral de unos cuatro centímetros fue cerrada con total profesionalismo en la sutura disimulada en el pliegue inguinal. Atenta a que el anestesiólogo le informó que estaba todo bajo control, abandonó la sala quirúrgica.

Luego de vestirse fue directo a la cafetería a por un café y pensar en todo lo ocurrido hacía instantes. No fue agotador ni le tembló el pulso, consideró que se trató de una cirugía menor dado que no tuvo que abrir el esternón y se manejó por el circuito circulatorio de la paciente con el perfecto control visual de lo que iba aconteciendo. La presencia de Max y el doctor Iglesias fue reconfortante. En cuanto a Colin, por tratarse de su madre, la consideró como una muestra de amor por la paciente y por ella. Estaba feliz también por Brian a quien saludó al salir de cirugía con un abrazo. Era hora de llamar a su impulsor, a su querido Otto.

—Otto, todo ha salido perfecto y espero que siga así. Si no hubieras sido el motor de esta experiencia difícil, por tratarse de Fiona, ahora no estaría satisfecha con la prueba a la que me sometiste. Sí, me sometiste y yo confié en ti y en mí, por eso eres y serás mi amigo del alma, y el mejor cardiocirujano.

—Estoy feliz porque me has llamado, imagino que estás sola y tomando un café. Me encuentras manejando rumbo al hospital., quisiera gritar la alegría que me da saber que hemos recuperado a una cirujana de primer nivel, que ha vencido todos sus temores y ha conseguido la libertad de decidir hacer lo que te plazca. Te adoro.

En cuanto cortó con Otto, Colin ya estaba sentado a su lado con su brazo apoyado sobre su espalda y con su otra mano giró su cabeza para poder expresar con los ojos lo mucho que la amaba, admiraba y agradecía. Ella sintió la corriente y apretó su palma sobre el dorso de su mano para sentir la calidez de su contacto. No hacían falta palabras. Las emociones se expresan en otra forma y ellos las conocían bien. Poco tiempo estuvieron solos pues Brian ya estaba sentado frente a ellos. No habló. No hizo falta, ella sintió su aprobación y hasta diría su cariño.

—Los dejo solos pues iré a controlar si mi paciente está despierta y verificaré en cuánto tiempo la llevarán a su habitación. —Se levantó con un elegante movimiento que sacudió el estetoscopio que llevaba colgado del cuello, el cual se había puesto en un acto mecánico.

Antes de dirigirse al mostrador del piso, verificó si Fiona aún estaba en la sección de cirugía. Enterada de que en breve estaría en su habitación, llamó a su amiga Laura. La tenía abandonada y al margen de su vida, y eso era imperdonable.

—Laura, querida, por fin pude darme cuenta de que necesitaba oír tu voz y no por mensajes de *WhatsApp*. Dime cómo va tu embarazo y si ya viven juntos. No es de chismosa que pregunto es porque me interesa todo lo tuyo, amiga; si no lo hice antes fue por haber estado sumida en mis propios problemas que no fueron pocos, como ya sabes. Pero acabo de solucionar uno. He funcionado como una cardiocirujana en un cambio de válvula aórtica nada menos que a la madre de Colin. Estoy en Belfast, con toda su familia, y siento que di un paso como el de Armstrong en la luna... ni yo me lo creo. Pero tú sabes que el día que no ejerzas tu profesión, los conocimientos que tienes incorporados no se borran jamás. Pueden haber cambiado las leyes, pero los conceptos básicos por su importancia, pasaron a formar parte de tu ADN. Con ellos podrás seguir colaborando con todos los que, de una manera u otra, te consulten. Algo así me ha pasado.

Cuando Laura se dio cuenta de que no pararía de hablar, se decidió a escuchar a su amiga, hasta que se hartó.

—Si te callas un poco, Lucía, te diré que todo está muy bien, a punto de mudarnos y que serás tía de un varón. Desde ya serás su madrina.

—Como toda abogada hablas poco y lo justo, así que no te quejes si yo me largo con los discursos.

—¡Recién reacciono y me doy cuenta de lo que has podido hacer! Es un logro para festejar si pudiste dejar atrás el lastre que llevabas en tu alforja. Siempre te entendí, pero sabía que tu actitud no sería definitiva. Hemos crecido casi juntas, sé bien de lo que eres capaz y no me equivoqué. Corto y le cuento a Jorge hasta dónde has llegado.

—Amorosa, tengo que terminar esta conversación pues debo controlar a mi paciente que, por ahora, no puedo llamar suegra, aunque así me miró la primera vez que nos vimos. Ahora me explico los chistes que se hacen al respecto.

—Suerte para todos, querida mía.

Fiona ya estaba en su habitación, escoltada por Brian y Colin.

Ella se acercó sonriente y vio que estaba durmiendo tranquila. Colin, en voz baja, le sugirió ir al bar y le consultó a su padre si podría quedarse. Luego de asentir, los jóvenes abandonaron el cuarto.

Sentados frente al café expreso, Colin le tomó ambas manos y dijo con una sonrisa sincera.

—Has superado todos tus temores y más aún con mi madre en tus manos. Sé que antes hablaste con Otto y no me complica ni me extraña. Se lo debes, no siento celos. Quisiera regresar a nuestra casa en Las Lomas, nos iremos en cuanto mi madre se instale en la suya que creo que será en poco tiempo. Desbordan los elogios de todos por tu trabajo. Los de mi corazón van en cada latido.

—Gracias, es cierto que Otto es eficiente en eso de dar confianza, pero tú me das otras cosas y eres el único. No concibo tener otra pareja que no seas tú; nos elegimos al vernos la primera vez. Yo huía despavorida y tú estabas allí para frenar mi retirada. Pudiste hacerlo y lo hiciste, y aquí estamos luego de un largo recorrido, no por el tiempo transcurrido, sino por las dificultades que se han presentado en nuestro camino. No me arrepiento de nada y espero que tampoco tú.

—Cuando amas a alguien, como yo lo hago —la interrumpió Colin con sus preciosos ojos entrecerrados—, nada es imposible. Si debes agachar la cabeza al reconocer tus errores, lo haces sin miedo y sí con esperanzas. No siempre fui justo ni tuve la habilidad de hacer que reaccionaras para retomar el ejercicio de tu profesión como lo has hecho hoy. Una golondrina no hace verano, dijimos alguna vez, y cada desencuentro fue solo una golondrina, no una bandada migratoria.

Lucía, emocionada, pudo recordar y poner los recuerdos en palabras.

—Aunque no lo creas, no guardo rencor contra los que en su momento pensé eran mis enemigos. Tal vez lo fueron, pero no soy quién para juzgarlos, pues cada uno es el resultado de su propia historia. Creo en la justicia y la hubo en mi caso. En cuanto a quienes me llevaron al banquillo de los acusados fueron falsos testigos y no creo que la hayan pasado del todo bien. Nadie escapa a su propia conciencia. Incluso no me molestaría volver a verlos, creo que hasta sería interesante como experiencia.

—Eres increíble y te adoro, no como a un ídolo, sino como a una mujer por la que vale la pena correr riesgos.

—Me haces sonrojar y calentar motores.

—Pues no perdamos tiempo si de eso último se trata. Nos iremos ya mismo a casa de mis padres y en menos tiempo que alguien note nuestra ausencia ya estaremos de regreso. A veces lo bueno, si breve, es el doble de bueno.

Sin más tomaron un taxi y ya en casa de los Ryan, precisamente en el cuarto de Colin, dieron rienda suelta a sus ansias de sexo con amor, que es lo que hace que este no tenga mejor forma de ser expresado.

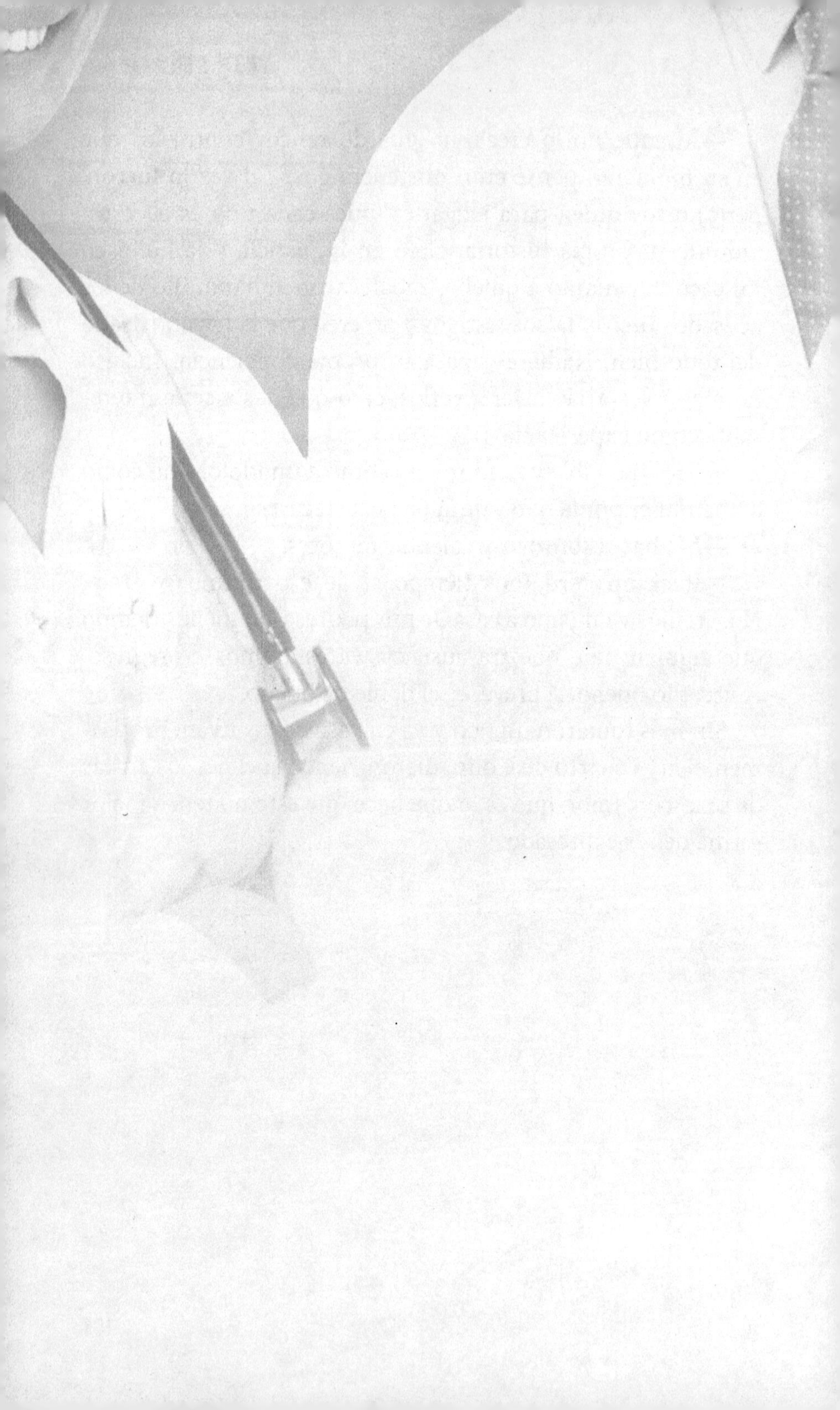

XXXIV

QUINCE DÍAS DESPUÉS

Instalados, nuevamente, en su casa de Las Lomas, acudieron al británico sin dilación, ambos necesitaban de sus amigos, profesionales o no, pues todos formaban una gran familia.

Max ya hacía tiempo que había regresado de Belfast, y con él tuvieron una larga charla en agradecimiento por su entrega total.

Donovan no dejaba de frotarse las manos en señal de entusiasmo por la valentía de Lucía y la felicidad que emanaba de la pareja formada por sus entrañables amigos.

Todo funcionaba perfectamente y decidieron festejar el regreso de ella al ejercicio pleno de su profesión. Estaba en Lucía decidir qué especialidad seguiría siendo su prioridad o si podía ser indistintamente cirujana o anestesista, según las necesidades hospitalarias.

Fijaron una fecha y lo harían en casa de Ryan donde había lugar de sobra para recibir a los invitados: el equipo del hospital en su totalidad y sus amigos. Laura y Jorge, por supuesto, estarían con ellos.

Todo estaba preparado con un servicio contratado por Colin que quiso tirar la casa por la ventana. Verla feliz era su premio mayor.

El tiempo era templado y ella se puso sus mejores galas. Un vestido a media pierna con tirantes, de doble gasa rosa pálido y un saquito liviano de seda tejido a mano, de un color verde agua muy suave, al igual que el de sus sandalias con un pequeño y fino taco que dejaban a la vista sus hermosos pies. Estaba espléndida. Mirarla era suficiente para enamorarse, es lo que pensó Colin en cuanto la vio.

Él, de elegante *sport*, con camisa arremangada de color celeste y pantalones claros del color del lino natural. Mocasines, sin medias, tostados, y sus famosas y hábiles manos de diseño perfecto completaban su guapa figura.

Nada ni nadie desentonaba y la música estaba a cargo de un DJ.

Los anfitriones saludaron a cada uno de los presentes. No faltó nadie. Y cuando estaban por sentarse para degustar lo que sería la cena, sobre un atrio preparado en un lugar que todos pudieran ver, apareció un orador que, para Lucía, fue una sorpresa y ¡qué sorpresa! Allí estaba Otto Hesse probando el micrófono antes de decir:

—Buenas noches. Buenas para celebrar que nuestra querida doctora Lucía, ha retomado el ejercicio de su profesión. No solo estamos sus compañeros y amigos, también están presentes los padres de Colin y los padres de Laura. —Lucía se paró en el acto, los buscó con la mirada y corrió a saludarlos efusivamente a los cuatro, con lágrimas rodando por sus mejillas. Otto, luego del saludo, continuó—: Además, como sorpresa de esas que nunca se esperan, están casi todos los médicos que alguna vez fueron sus enemigos y hoy, arrepentidos, han venido especialmente a celebrar con ella; dejo a uno de ellos con el micrófono.

Era Humberto Saravia, tal vez su más tenaz antagonista.

—Ser el portavoz de un grupo, no es sencillo. Hablar por cada uno de nosotros vale la pena si eres tú la receptora. Aún de nuestro recuerdo no se ha borrado lo injustos que fuimos contigo, en vez de apuntar a la verdad la ocultamos. Si fue por envidia, celos o cuanto vicio pueda tener un hombre genéricamente hablando, pues no faltaron mujeres en ese adverso grupo, no lograremos acertar la respuesta. Se hizo justicia en otro ámbito y faltó que llegaran a ti nuestras disculpas, el pedido de perdón que merecías por todas nuestras conductas incorrectas. Estamos aquí convocados por los colegas Otto Hesse y Colin Ryan, y no dudamos en hacernos presentes para pedir tu indulgencia. Generosidad tienes de sobra, una que nos faltó a nosotros. Hemos madurado y hoy tenemos la oportunidad de estar frente a ti para pedirte perdón.

Lucía tenía la garganta cerrada por la emoción, carraspeó para aclararse la voz, si es que le salía algún sonido y le alcanzaron un micrófono inalámbrico.

—Queridos colegas, gracias por venir. Gracias por hablar y decir lo que dices en tu nombre y en del resto de los colegas implicados en aquel lejano episodio. Hace tiempo que los he perdonado. Que estén presentes hoy es más que recibir disculpas. Es acompañarme cuando he podido vencer mis temores y quién sabe si el haber actuado como lo hicieron en ese momento de mi vida, no ha servido para demostrarnos que la resiliencia existe y está latente en cada uno de nosotros. Abrazaré a cada uno, pero primero a Colin y a Otto.

Se sentó, nuevamente, cuando el chef les decía que la cena estaba pronta. Sin esa invitación aún seguiría prodigando abrazos.

Colin y Otto, sentados a cada lado de Lucía, la contemplaban embelesados, cada uno con intensidad y motivación diferente.

Aún faltaba algo más:

Colin se levantó, con voz altisonante y sin micrófono, después de tomar a Lucía por la cintura y dijo:

—Esta mujer es la persona que elegí para que juntos, como pareja, recorramos el camino de la vida. No digo Lucía Pereda Soria de Ryan, pues ella no tiene dueño, es libre de hacer de su vida lo que le plazca. —Lucía que ya tenía las lágrimas llegando a sus sandalias, le respondió:

—Acepto tu elección y yo también te he elegido para compartir el mismo proyecto de amor.

El beso que selló el pacto fue aplaudido como si fuera el final feliz de una película romántica que termina bien, y todos salen con suspiros y con alegría por haberla disfrutado.

EPÍLOGO

Colin y Lucía, luego de tantas emociones pasadas, tuvieron una conversación que podría resumirse así:

—Lucía, creo que todo empezó con una caída que me shockeó. Sentí una vibración no común que me sacudió por dentro y pensé que ese espectáculo de piernas abiertas, iba a tener un costo para mí —dijo sonriendo de costado y con picardía.

—Yo sentí bronca y vergüenza hasta que te miré y pensé: ¡*wow*...! Este espécimen varonil aparece solo en sueños. Creo que hasta me hiciste olvidar el motivo que me llevó a pedalear como una posesa. —Lucía retuvo una carcajada que bien podría ser un llanto ahogado.

—Hoy nos podemos reír, pero todo el proceso fue duro hasta alcanzar esto que estamos disfrutando —agregó Colin, recordando los avatares pasados como en un *flashback*.

—Es cierto. No pasó demasiado tiempo desde la caída para que sucedieran episodios buenos y no tanto. Diría algunos dolorosos y otros inexplicables. Tú quisiste ayudar cuando te enteraste de mi historia y yo, como una tonta, te frené para que nadie más me manipulara y hasta te dije que no era un maniquí. Si no lo hice, lo pensé. Sin embargo, alguna vez lo expresé con todas las letras.

—Sí, lo recuerdo bien, en el jardín de mi casa en Belfast, frente a mis padres. —Sintió la mirada penetrante de Lucía y ella contestó segura de sí misma:

—Hoy puedo decir que contigo, y cuando yo decida, puedo ser esa muñeca portable.

—Tú siempre das batalla —rio—, aunque no uses armas convencionales. Tus armas son saber qué quieres de verdad, aunque estén escondidas en tu fuero íntimo y no tengas conciencia de ello.

Lucía permaneció sopesando lo dicho por Colin y enseguida volvió a retomar el hilo.

—Pensándolo bien, ¿qué me enamoró de ti? Te respondo: todo. Tu figura, tu chispa, tu inteligencia, tus valores, aunque los celos a veces te obnubilaran y taparan tu verdadera valía. Te lo perdono por ser hijo único. Pero, así como los opuestos se atraen, nosotros también tenemos algo en común además del amor, y es la perseverancia. Cambiando el enfoque de lo nuestro, nunca hablamos de hijos. ¿Qué idea tienes? Es hora de confesiones.

—Si es contigo, puedo tener los que quieras. Estoy preparado para formar una familia como lo dejé entrever cuando dije que mi casa era más que para un hombre solo, ¿o no lo dije?

—No es importante pues lo estás diciendo ahora y me place escucharlo. No sé cuántos, pero el asunto es ir creándolos cuando queramos... creo que ninguno de los dos le teme al proceso de la creación.

—Contigo estoy dispuesto a practicar desde ahora, ¿te parece?

No hizo falta más para que esa comunión se hiciera carne, una en la cual se entrega todo y se recibe todo del otro.

Fin

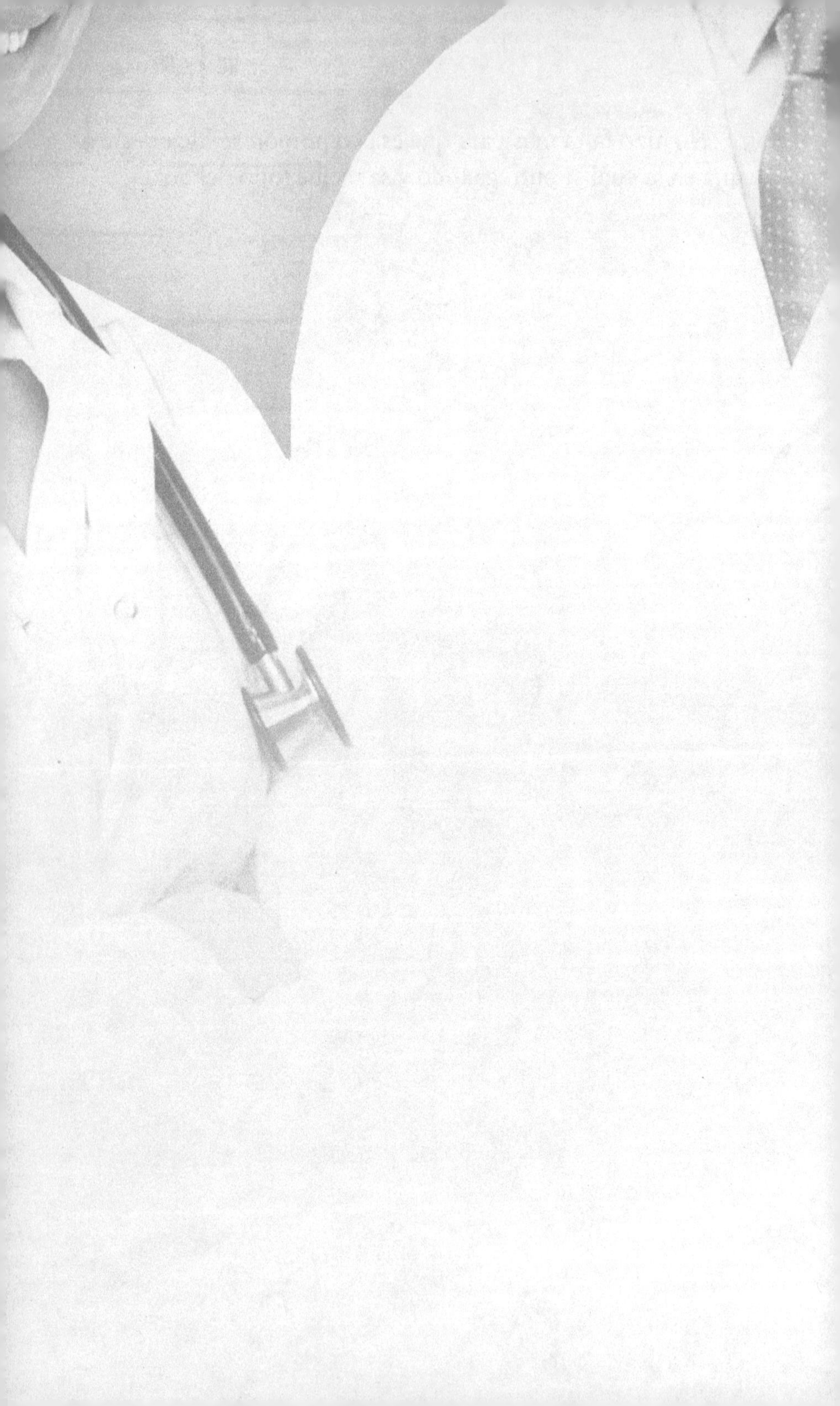

NOTAS FINALES DE LA AUTORA

1– Toda esta novela, sus personajes, y argumento, son pura ficción, cualquier semejanza con la realidad es pura coincidencia.

2– Derechos de autor vigentes.

3– Toda transcripción ha sido entrecomillada y es de agradecer a quienes le dieron origen.

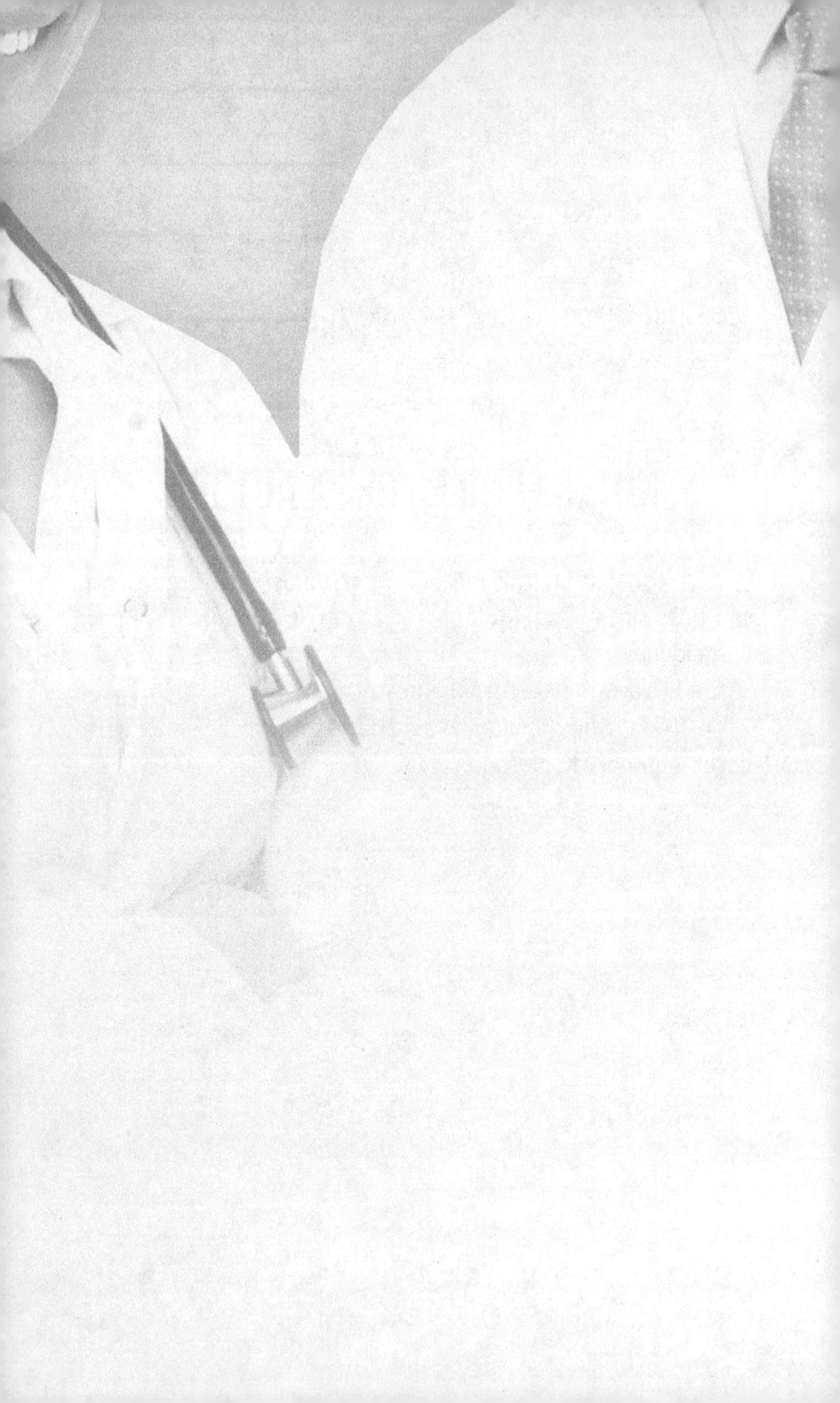

NOTA ESPECIAL DE LA AUTORA

Esta novela la corregí como autora, luego de una corrección profesional y no la publiqué. Las cosas suceden cuando es su momento y es visto que, "No soy un maniquí", no estaba en la fila de prioridades, a pesar de considerarla valiosa.

¿Una forma de atesorar algo que aún no estaba en condiciones de compartir? Es posible. No entro a desarrollar ninguna teoría sobre el real motivo de procrastinar. Algo más importante me induce a hacer esta introducción y es la forma literaria de encarar una novela.

Si quiero describirme como autora diría que escribo novelas románticas, de ficción contemporánea para adultos. Es casi un acto reflejo asignarle esa categoría al completar el formulario que exige el registro de la obra. Deberían agregarse casilleros, por no tratarse solo de ficción romántica, su contenido es más amplio y los formularios son eso, formularios.

Aún no llego a la principal motivación: La normativa escritural, que no sé bien quién la inventó, pero tiene reglas que no consigo acatar y puedo dar ejemplos:

La novela histórica debe tener X palabras.
La novela de misterio debe tener X palabras.
Una obra de menos de X palabras es relato.
Los diálogos deben ser cortos.
Los diálogos extensos quitan interés.
Empieza con estruendo para que sigan la lectura.
Hay más reglas que no anoto por ser demasiadas.

Considero que el escritor no debe distraerse cuando se concentra, pues las reglamentaciones pueden acabar con el impulso creativo. Por eso, si tengo necesidad de extenderme en los diálogos, lo hago; si las puntuaciones no son las de un profesional en el arte de escribir, y tanto más, sigo tecleando porque la obra, en el estado en que se encuentre, pasará, antes de ser publicada, por las manos del corrector, sin ellos no existimos.

Importante es, cuando empiezas una novela y hasta el final, que la historia atrape al autor y refleje el placer que le produce liberar su imaginación para crear primero, para sí mismo, aunque luego quiera compartir el resultado. Si la soledad fue necesaria para realizar la obra, una vez lograda, y puesto el punto final, si no existieran los lectores (yo también lo soy) lo disfrutado durante el proceso creativo, lo evapora el transcurso del tiempo, ¿y qué le queda al autor?: Nada.

Reducida a una operación aritmética sería:

ESFUERZO GOZOSO + LECTOR INTERESADO = NOVELA

Del resultado inferimos que sin lector no hay novela.

Casi omito confesar que, a veces, me detengo, suspendo todo al darme cuenta de la alta velocidad con la que escribo. En poco tiempo he publicado bastantes novelas (buenas, malas, regulares) y esa soltura, que es prisa por llegar a no sé dónde ni para qué, trato de corregirla con ayuda de amigas escritoras/correctoras.

A veces la casualidad, o una persona influyente en tu vida, hace lo suyo y eliges leer a un autor que te pareció difícil y das con una de sus obras de manera mágica. Y esa magia te despierta y entiendes que sí sabes: a dónde vas y para qué.

El empuje de mis tribulaciones, si literarias o no, me llevan a escribir esta nota por necesidad o deseo, sin detenerme a pensar si es el lugar adecuado.

¡Gracias!

www.ingramcontent.com/pod-product-compliance
Lightning Source LLC
LaVergne TN
LVHW091315150826
845673LV00006B/1660